最准确的回答

许行作品选

许 行 ◎ 著

长 春 出 版 社
全国百佳图书出版单位

图书在版编目（CIP）数据

最准确的回答：许行作品选 / 许行著. -- 长春：
长春出版社, 2025. 1. -- ISBN 978-7-5445-7596-6

Ⅰ.I247.7

中国国家版本馆CIP数据核字第2024K3F881号

最准确的回答——许行作品选

著　　者　许　行
责任编辑　乔继羽　陈晓雷
封面设计　宁荣刚

出版发行　长春出版社
总 编 室　0431-88563443
市场营销　0431-88561180
网络营销　0431-88587345
地　　址　吉林省长春市南关区长春大街309号
邮　　编　130041
网　　址　www.cccbs.net

制　　版　长春出版社美术设计制作中心
印　　刷　长春天行健印刷有限公司

开　　本　880mm×1230mm　1/32
字　　数　203千字
印　　张　9.5
版　　次　2025年1月第1版
印　　次　2025年1月第1次印刷
定　　价　59.80元

目　录

5

立　正

"你说说，为什么一提起蒋介石你就立正？是不是……"

我的话还未说完，那个国民党军队的被俘连长，早就又"叭"的一下子来了个立正，因为他听到我提"蒋介石"了。

这可把我气坏了，若不是解放军的纪律管着，早就给他一巴掌了。

"你算反动到底啦！"

"长官，我也想改，可不知为啥，一说到那个人就禁不住这样做了……"

"我看你要陪他殉葬啦！"我狠狠地说。"不，长官，我要改造思想，我要重新做人啦！"那个被俘连长很诚恳地说。

"就凭你对蒋介石的这个迷信态度，你还能……"

谁知我的话里一提"蒋介石"，他又"叭"的一下子来了个立正。

这回我终于忍不住了，一杵子把他打了个趔趄，并且厉声说："再立正，我就打断你的腿！"

"长官，你打吧！过去我这也是被打出来的。那时我还是个排副，就因为说到那个人没有立正，被团政训处长知道了，把我弄去好一顿揍，揍完了对我进行单兵训练，他说一句那个人的名字，我马上就来个立正，稍慢一点就挨打。有时他趁我不注意冷不防一提到那个人的名字，我没反应过来，便又是一顿毒打……从那以后落下了这个毛病，不管在什么时间地点，一说到那个人的名字就立正，弄得像个神经病似的，可却受到嘉奖，说这是对领袖的忠诚……长官，你打吧！你狠狠地打一顿也许能打好呢。长官，你就打吧打吧！"被俘连长说着就痛苦地哭了，而且恳切地求我打他。

这可怪了！可听得出来，他连"蒋介石"三个字都回避，生怕引起自己的条件反射。不能怀疑他的这些话的真诚。

他闹得我有些傻眼了，不知该怎么办啦！

1948 年我在管理国民党军队的俘虏时，遇到了这么一件事。当时那个俘虏大队里都是国民党连以下的军官，是想把他们改造改造好使用，未曾想到竟遇到这么一个家伙。

"政委，咱们揍他一顿吧！也许能揍过来呢。"我向大队政委请求说。

"不得胡来！咱们还能用国民党军队的方法吗？你以为你揍他，就是揍他一个人吗？"

嗬！好家伙，政委把问题提得这么高。

"那么……"我心生忐忑。

"你去让军医给他看看。"

当时医护水平有限，自然看不出个究竟来，也没有啥医疗办法。之后集训完了，其他俘虏做了安排，他因这个问题未解决，便被打发回了家。

事隔 30 年，"文化大革命"后，我到河北一个县里去参观，意外地在街上遇到他，他坐在一个轮椅里，隔老远就认出我来。

"教导员，教导员！"他挺有感情地扯着嗓子喊我。

他头发花白，面容憔悴，显得非常苍老，而且两条腿已经坏了。我问他腿怎么坏的，他说因为那个毛病没有改掉，叫"红卫兵"给打的，若不是有位关在"牛棚"的医生给说了一句话，差一点就没命啦！

我听了毛骨悚然：生活竟是这样的一部史书！打断了他两条腿，当然就没法立正了，这倒是一种彻底的改造方法。于是我情不自禁地说：

"你这一辈子叫蒋介石给坑啦！"

天啊！我非常难过地注意到：在我说"蒋介石"三个字时，他那坐在轮椅中的上身，仍然向前一挺，做了个立正的姿势。

抻 面 条

他特别喜欢吃面条，一天三顿也不厌，不过这可不是粮店里卖的那种面条……

小时在家里母亲给他擀面条，一碟鸡蛋酱，一盘芽葱，或者黄瓜、水萝卜丝等小菜，他吃得真香！以后结了婚成了家，妻子摸到了他的脾气，比母亲还下力给他做面条吃。她能擀、能抻。抻出来的面条要粗有粗，要细有细，比从模子里轧出来的挂面还匀溜，吃起来硬实、筋道、口感好，就是到了肚子里也觉得舒服。

不幸，妻子比他先走了。他也六十多了，身板硬实，牙口好，还是爱吃抻面条。现在续了个后老伴，这个五十刚过的小老太太，就只给他买挂面吃，吃起来真败口！

星期天女儿回来了，看爸爸瞅着挂面眼晕、不下筷，她把爸爸的饭碗端过去说："你等一会儿吃。"便扎起围裙下了厨房。和面、揉面、饧面、抻面……大约半个多钟头后，一碗抻面条端到了爸爸的面前。他一惊，女儿什么时候也学了母亲的手艺？

这回他吃着嘴里香，肚里苦，他想起前妻，眼泪含在眼眶里……

这一切后老伴都看在眼里，心中很不是滋味。第二天她吃罢早饭，便提了一盒点心，到饭馆去向抻面师傅学习。学和面，学揉面，学饧面，学抻面。抻面这道关最难过。她人老了，手脚笨了，力气也小了，怎么也弄不到抻面师傅那么灵巧，不是粘连，就是断条，二斤面未抻完便一身汗了。她不得不出个高价，买了一斤抻面条回去。

老头子离休后搞史志，天天到班上去。午间回来，一碗抻面摆在面前。

"啊，小凤（他女儿）来了？"

"没。我给你抻的。"

"你也会抻？"

"你别隔着门缝看人。"

老头子吃得很香，这面条跟过去妻子抻的差不多。

"想不到你还有这两下子，这跟她过去抻的一样……"老头子一高兴，有点说走了嘴。老太太听了当然有点儿不是味儿——这老家伙总想着他的前妻……不过，这毕竟是赞美她，把她说成跟他前妻一样，有啥不好？于是，也很高兴。

第二天老太太练抻面就更来劲儿了，她先到饭馆去学一通，又在家里自己和面苦练。可翻来覆去还是抻不好。这大概得费点工夫，不到十天半个月出不了师……眼看就该做午饭了，没办法还得跑到饭馆去买人家抻好的面条。好话说了一筐，勉强按成碗的面条价格匀了一斤回来。啊？一上楼房门开着，老头子回来了。

这回露馅啦！"唉，没想到吃一口饭，给你添了这么多麻烦……"老头子明白后有些过意不去。

抻面条煮好后，老头子只吃了半碗。

不知怎么的，他心里老觉得这抻面条味道有点不对了。他说："以后咱们吃烙饼吧！"

这天夜里老太太偷偷抹了半宿眼泪。

又一个星期天，老头子女儿回来了。她又要动手给爸爸做抻面条，老太太一把揽过去说："我来！"

老头子和女儿都睁大了眼睛，惊讶地看着老太太熟练的抻面表演。

老头子这晚心情激动，喝了两盅酒，话也多起来。睡觉时，老太太脱衣服，他怔住了：天哪，老太太两条胳膊肿得像发面馒头了……他一切全明白了，心中震动非常，紧紧地搂着老太太，眼含热泪，不胜爱怜地抚摸着她的胳膊。

"唉，这该死的抻面条啊……"

夫子事件

队伍从五斗坪下来，一个刚来的小夫子，过河时不慎落桥淹死了。

这事引起了全队的震动。

"谁拉来的夫子？"

"听说是老管理员。"

"唉，他怎敢这样干呢？"

队伍一出发，司令员和政委两个人一起宣布了一项严格的纪律：沿途绝对不许动员民夫，有再大的困难也自己顶着，一定要做到对群众丝毫不犯。谁若强行拉夫，军法从事。这应该说够严格的啦！

那时日本人刚投降，国民党军队就集中重兵，形成对我们的包围阵势。我们部队正根据部署，做战略性的转移，因此，同群众的关系如何，成为我们部队能否站得住、打得赢的一个关键性问题。所以，政委讲完之后，又格外加了一句：

"同志们，我们要跟国民党争人心啊！"

　　这话说得多重，也算到家啦！谁都懂得人心的向背，直接关系到革命的成败。为什么在革命队伍里干了多年的老管理员，竟连这都不明白呢？这个人平时像头老水牛似的工作，什么苦、什么累都能吃，一个心眼地干革命，怎么这时候糊涂起来了？

　　老管理员被绑了起来，两个荷枪实弹的战士押着，就在罗塘这村口上开军民大会，要按照军法公判他。

　　我想这是领导上有意借此教育部队，同时更主要的是向群众宣传我军的爱民政策和铁的纪律。

　　战士坐了一地，周围也站满了群众。群众都要看一看共产党军队怎样处理他们违犯军纪、淹死老百姓的人。

　　老管理员，这个四十来岁，浑身是劲的硬汉子，现在像被抽了筋、丢了魂一样，趔趔趄趄，痴痴呆呆地低垂着头，那多日未刮的连鬓胡子上，挂着泪珠和汗水。如果不是两个战士架着，看样子他可能早就摔倒了。

　　我想这时他的心里，一定充满恐惧与悔恨。他对宣传干事小黄的关照无疑是对的，因为小黄打了几天"摆子"，那架连同木盒、油墨、钢板、胶滚等将近四十来斤的油印机是无论如何也背不动了……可为什么不想想别的办法，偏偏拉这样一个十六七岁的后生来背呢！那后生背着一个四十来斤重的东西，一失足掉在河里还能浮得起来吗？

　　我正胡思乱想呢，就见一伙从十斗坪方向跑来的人，分开群众，不管不顾地冲进了会场。为首的一个长得黑乎乎的中年妇女，一下子扑到了老管理员的身上，又捶，又打，又咬，又撞，又哭，又喊……真恨不得把他撕碎了才解恨的样子。

"你还我儿！你还我儿……你真狠心啊！连这个儿也不给我留……"

这时会场里静极了。大家都被这个意外的情景闹呆啦。

我想小夫子的母亲到底找上来了，这可怎么安抚啊？

"真该把你枪毙了！"那个妇女气愤地说。

我紧张得毛细血管都扩大了。在环境困难的情况下，为了挽回我军对群众的影响，像这种违犯法律而闹出的人命事件，采取最严厉的军纪也不是不可能的。可老管理员，是个好同志啊……我的心都提到嗓子眼了。

谁知这时那妇女又突然扑向了司令员，一下子跪倒在他的跟前，抱住他的腿，鼻涕一把、眼泪一把地说：

"司令员啊！你可不能枪毙他啊……那是我的儿，也就是他的儿啊！我们就那么一棵独苗……为革命他什么都豁出去啦！"又说，"我儿也愿跟他闹革命去，可他就是不带我啊！他这个坏蛋……"说着说着痛哭倒地，一个粗壮的妇女，成一摊泥啦！

这时会场的气氛突变，几个女战士掉了眼泪，我被这戏剧性的起伏，也激动得有些泪花闪烁。

司令员、政委原来准备的那一套话，全报废了！一时闹得他们也不知说啥是好。不过，我见给老管理员松绑后，司令员抑制不住，一连在他身上狠狠地打了三拳：

"唉！你为什么不照顾好我们革命的后代呀……"边说边拿他屁股后边那条毛巾擦起眼睛来。

"对，揍他，揍他！死罪饶过，活罪难免。司令员啊！你狠狠地揍他吧！"那妇女连哭带喊地说。她跌宕变化的情绪，牵动着会场上的人心。一时间她竟在这儿唱主角啦！

老姜太太的眼力

老姜太太九十出头了，据说这在姜家屯也创纪录啦！按理说早该安神颐养，不再操心，给长命灯省点油才是，可她不。

两个儿子，五六个孙子孙女，加上儿媳孙媳三四家人，都拘在一个大院里。五间正房，四间厢房，住得满满登登的。按孙子们的意见，早都搬出去了，只是儿子孝顺，不敢拗着母亲的意见办，孙子们自然也就不好说什么了。

老姜太太一早起来，儿子给搬个带靠背的小板凳，在窗户底下一坐，院里的一切都在眼里，她就欣赏儿孙们这样忙忙碌碌勤勤恳恳地过日子。下田的，赶集的；穿红的，挂绿的……多红火！她一辈子辛辛苦苦的成果就在这儿呢。

这些人不管分几家，都是她的儿孙。在眼皮底下看着才舒坦，才光彩，才活不够！儿孙们可能都理解这点，因此，谁有什么值得她高兴的事，都过来跟她说说或给她瞧瞧，这已成了一条不成文的规矩。儿子抓口猪，得赶过来遛一趟："妈，这是纯种'吉林黑猪'。"孙子买辆自行车也到她跟前转一圈："奶奶，这是'大金鹿'，抗磕打……"

小孙子处了个对象，是个拖拉机手，人又长得挺漂亮，特意领来让奶奶看看。她拉着姑娘的手，从上往下看三遍，最后问：

"你这孩子是干啥的？"

姑娘早被看毛了，有点不知所措，一时迟疑着未开口。

"开拖拉机的。"小孙子忙代回答。

"什么？"老太太未听清。

"驾铁牛的。"小孙子以为奶奶未听懂，就换了一个说法。

"不像。这细皮嫩肉、软绵绵的手，还能驾铁牛？"老太太直摇头。

大家憋不住笑了。

"那么，奶奶，您老看她是干啥的？"

"八成是拿笔杆的。"

"您老真有眼力，她是个教书的。"小孙子乖觉赶紧顺杆爬。

"那好，那好。咱家又多了个能识文断字的了。"老太太高兴起来，咧咧嘴笑了。可姑娘的脸倒更红啦。

大孙子从口外买了一头高大的种公驴，拉到她跟前。她抬起眼睛，左看一遍，右看一遍，然后说：

"这不是骡子吗？"

"是驴，奶奶。"

"净胡说！你真有能耐，把骡子当驴买来了。"

"是驴，奶奶。"大孙子心眼死，不会随机应变。

"别糊弄奶奶了，奶奶还能分清驴和骡子！当年回娘家没少骑驴……"

"哎呀！奶奶，您老看错了，我给您老拿花镜去吧！"

"看这么大的东西还用戴花镜？你当奶奶眼睛瞎啦！"老太太有点生气了。

"奶奶……"大孙子还要分辩，不妨媳妇机灵，偷偷在男人屁股上掐了一把。大孙子说了半截话打住后，忙改口说："是骡子，您老的眼睛谁也骗不过……"

"我说是嘛！"老太太一抹搭眼睛说。

谁承想这时驴子可能因为折腾时间长了，有点不耐烦，一仰脖呜哇哇地叫了起来。孝顺的儿子在旁一看着了急，忙吆喝着说：

"还不赶快把骡子牵走，看吓着你奶奶……"

最准确的回答

　　"敌伪"时期，我 16 岁，报考沈阳一所日本人办的中等专科学校。这所学校以教育有方出名。报考人很多，因之录取也很严。笔试合格之后，还要面试。

　　面试考啥？报考者都不得而知。

　　我经笔试之后，有幸参加面试，跟许多年龄相仿的小青年在外边排队等候。对前边进去出来的人都很关心，总想摸个底，却又不便问，但见有的竟捂着半边脸出来，痛得龇牙咧嘴，不知怎么回事。轮到我了，被叫进去。对面坐着三个日本人，衣着整齐，像神像一样庄严。居中的是一位年近五旬的老者，两边是两个中年人。他俩仿佛一文一武，武者留一撮小胡，颇似日本军人；文者倒也慈眉善目，但不失考试官的威严。

　　我挺胸阔步走到中间站住。

　　"坐下。"小胡子命令说。

　　"是。"我挺直腰板坐下。

　　"你为什么想到这儿来上学？"中间的老者发问。

"想当公司经理。"因为这是一所培养企业人才的专科学校。

"这里是培养雇员的地方。"老者严肃地对我说。

"我从雇员干起。"

"一定能当经理吗？"

"一定能。"

"好家伙，野心可不小。"

"这不是野心，这是志向。"我反驳了一句。

"你知道当经理的条件吗？"老者并未生气，依然平静地问。

"知道。熟悉业务，善于应酬，不怕吃苦。"我在一本书上见过，说主要就这三条。

"好，这小家伙，也许是个当经理的料。"老者对我的回答可能感到满意，他对旁边两人说。

又问了几个问题后，小胡子对我蓦地一声令下：

"立正！"

"是。"我迅速起立。

"向前两步走。"

我正步走到他们三位前边，立正站在那里。这时，小胡子站起来，突然出手重重地扇了我一个耳光子。然后发问：

"这是什么滋味？"

"就是这个滋味！"我因看前边有人捂着脸出去，思想上已有准备，至此灵机一动，用尽全身力气，马上狠狠回敬了他一个耳光，并且挺起胸脯，理直气壮地回答。

"好！"中间老者伸出了大拇指说。

"好！"另一个中年人也说。

"好！"小胡子被打了一个趔趄，但他还捂着脸说，"你做了最准确的回答。"

我心中不由暗自好笑。

出来后，同外边等待面试的人一说，他们抓住我扔起来老高。特别是前边挨了打的，好像也跟着解了恨。

发榜时，我名列前茅，被录取了。

情 书 曲

　　一座工字楼上的一位姑娘，引起了小伙子——这一带居民点上的邮递员的注意。每隔三五天他就要给她带来一封沉甸甸的信。那信是从 A 市某大学寄来的。姑娘一接到信脸上总是流露出掩饰不住的喜悦。他明白那是她热恋中的情人，他深为这个待业中的女郎能有这么一个大学生的情人而感到高兴。所以，每次递信时他都带着欣喜的心态仔细看看姑娘。姑娘也都友好地看他一眼，并颔首略表谢意。

　　姑娘知道她的秘密都在这个热情邮递员小伙子的心中。

　　可是，好景不长，也许半年左右，也许只有几个月的时光。不知她去了多少信，只知道经他手交给她的信是越来越少、越来越轻了，后来干脆便没有了。

　　现在她每天站在窗前等待他的到来。不过，他总是使她失望，他绿色的邮袋里没有她所盼望的信。姑娘越来越憔悴，渐渐失去了往昔的风采。

　　突然一连几天他再未见到姑娘，他深深地不安起来……

姑娘那焦灼的目光，那憔悴的脸色，那执着的神态，紧紧掀着他的心。

他忽然灵机一动，决定模仿那个大学生的笔体，以他的名字给姑娘写一封短信，编个理由使她暂时得到宽慰，先缓冲一下，以便她能从痛苦中站立起来，不致完全病倒。

他费了三四天时间，精心细致地把这封信做好。内容、笔体、信封、邮戳等都下了一番功夫。

他敲开门忐忑不安地把这封信递了进去，也未看清接信人的模样就离开了。

第二天送信时他又见到了姑娘。姑娘好像正在窗前等待，脸上闪着异样的神色。

"还有我的信吗？"姑娘过去在这里等信，可从没有像这样发问过。他从姑娘的声音中闻到不寻常的气味。

"没、没有……"他被这个破例的询问弄得有些慌乱。

"谢谢你的关怀，谢谢你的同情和怜悯，谢谢你费尽心机来宽慰我……谢谢你，谢谢你……"姑娘感情深沉地一连说了很多个谢谢。

他一下子呆了。他知道信被看破了。好厉害的姑娘！他十分尴尬、难堪，全身木然地站在那里。

"以后你如愿给我写信的话，请不要用别人的名义。"姑娘沉吟了一下之后，轻声柔语很动感情地说："我这颗心再经受不起谎话的折磨了……"

他狠狠地在自己的脑袋上拍了一掌。他多蠢！怎么就不懂得姑娘在爱情上是何等细心？怎么就没想到这样做反而更会使姑娘伤心……他的脑子有些乱了。就在这天晚上几经折腾，他终于以自己的名义给姑娘写了一封长信，他也弄不清这会给她慰藉，还是令她心烦……

房东太太

房东太太够得上是个标准的老白，皮肤、头发、眼珠都是典型白种人的颜色，一点未掺假。至于她原是个什么民族，何时移居美国，就不清楚了。她待人礼貌，处事周到，每次见面都是先问好，甚至还可能送你个甜甜的微笑，尽管已是徐娘半老，这一笑也会让你舒坦半日。

"小姐，您这条裙子可真漂亮，准是从巴黎新来的名牌货。"

"先生，您这条领带可真鲜亮，到公司里去小姐们准会多看上几眼。"

人们常能听到房东太太于谈笑之中，变着法儿恭维人的赞美之词，即使对住在这里最下层的一对中国穷留学生也不例外。正因如此，人们都对房东太太颇有好感。中国留学生章欣然夫妇，周日包韭菜、猪肉加虾仁的三鲜水饺，特意给房东太太端去一盘，这把她乐得眼睛都弯了，嘴都闭不上了，饺子还未到嘴就嚷着：

"太鲜美了，太鲜美了！"

老美的食物中没有饺子，当然也就不会包饺子。老美吃的蔬菜种类不多，可就是不吃韭菜，韭菜只在中国店中才有，而且比一般蔬菜要贵得多。因此，这饺子送给老美吃就很不一般。

章太太送去了饺子，还带去了一小碗加了芝麻酱的酱油，半小瓶镇江香醋，并且拿去一次性筷子，然后又很认真地教房东太太如何使用筷子来吃饺子。这应该说是极为诚恳的东方式友好表示了。所以，房东太太一次又一次道谢。一个饺子下了肚后，她举着筷子说：

"我敢说这是世界上最好吃的食物了！中国真伟大……"她也许发觉扯远了，随即拉着章太太的手，一脸真诚地问："你们是怎么做的？我能不能学一学呢？"

"只要您备好料，我们是愿意来效力的。"章太太忙表示愿意帮助，而且又告诉她这些材料包括饺子皮，中国店里都有。

"谢谢，等过几天我准备好这些材料，一定请章太太来指导。"接着又说，"没吃过中国饺子的人，见了上帝也会感到委屈。"

章欣然夫妇拿个棒槌当针，以为这次送饺子要引起一点麻烦了。他俩这时都很忙，章先生正在撰写博士论文，不久他可能要面临五位美国教授坐在前边像会审似的答辩；伴读的章太太正在语言学校学习，下学期就要正式做硕士研究生。他们的时间像金子一样贵重。所以对房东太太这个表示，他们确实有点思想负担，心里一直当回事，准备着人家找到时好有个安排。可幸运得很，过了很久也未见房东太太来请他们去指导包饺子，似乎这个事就根本没有发生过，房东太太还是照样吃她的热狗、比萨、三明治、汉堡包。

　　春节前国内京剧团来美演出，招待留学生。章欣然夫妇又想到房东太太了，他们从不去的同学手中拿到一张票送给房东太太，房东太太非常高兴，她说："谢谢，我从来没有看过中国戏剧，这回去开开眼界，一定好好看看。"

　　房东太太确实没有看过中国京剧。开始，这种古老的、民族的、地方的京剧艺术引起了房东太太的新鲜感，她不住轻声地叫好，章欣然夫妇很感欣慰，这回算没有出错牌。但是，没过多长时间，他们忽然发现房东太太已在身旁睡着了，且发出了轻微的鼾声，这又使他们觉得有些尴尬。人家看不进去，请来了岂不强人所难？他们倒颇有点忐忑不安了。孰料房东太太被掌声惊醒了以后，马上精神振作跟着鼓起掌来，并且主动对章欣然夫妇说：

　　"好戏，真是好戏！难得的一次艺术欣赏，中国这五千年文明古国的艺术水平就是高……"

阚大头打赌

阚大头，酱块子脑袋，方方整整。谁知他娘怎生的，这德行！有人说长得跟他爹一点也不一样，准是个野种。

家里穷得叮当山响，他却长了个魁魁梧梧的大骨架。可能是他娘头次开怀，奶水好，供的。可长大了饮食不济，时饥时饱，便面黄肌瘦，落得个病金刚的样子。不过，身大力不亏，干活是把好手，只要黏豆包管够，一个也顶俩。就是有点憨，憨头憨脑，憨态可掬。但值钱的就在这个"憨"字上，村里哪家缺人手请帮工的，都找他。不冲别的，就冲这个憨。憨人干活实，出汗不掺假。

路二狗、娄小五贼机灵，就是没人用。这把他俩气得鼓鼓的，他们总想要捉弄捉弄阚大头。

这天，路二狗、娄小五和阚大头打赌吃馒头，他们说阚大头若能一次吃二斤面的馒头，他俩请客。馒头可是好东西，这大山沟里不种麦子，哪儿见馒头去？他阚大头成年累月也吃不上一次馒头，一听说吃馒头，阚大头早流口水了。

"中！"阚大头应了。

六只眼睛瞅着由路二狗的妹妹路小丫给称了二斤白面，十六两的老秤，足斤足两。随后和面发起来，二两一个，做了16个大馒头，往那儿一放像座小山。吃吧！不信你阚大头有牛大的肚子！

阚大头一看热气腾腾、香喷喷的馒头，早吊起了胃口。他不慌不忙，一个馒头咬4口，60口，15个大馒头下了肚，还剩一个，这时他心里软了，拿在手里说：

"二狗，小五，你俩不尝尝？这馒头可香啦！你俩别落个白花钱，连口馒头也未啃着。"

憨人说话实，可路二狗、娄小五眼睛里却冒了火。混蛋！得了便宜还卖乖！

从此阚大头出了名，二斤面的大馒头吃倒了一村人，真是条令人不可斗量的大汉！

无怪路小丫看中了他。

只是入洞房那天晚上，阚大头要上炕，路小丫却逼着要阚大头跪下来给她磕个头。阚大头蒙了，没听人说头一回跟媳妇睡觉，还有这个规矩呀！

路小丫把个小面口袋摔给了他。

阚大头这傻狍子还不明白。

"你真憨！"路小丫一指头狠狠戳到他的脑门上，"若不是我使个障眼法……你阚大头还有今天！"

阚大头这时才如梦方醒，怪不得那16个大馒头都像发糕一样暄腾。他连忙下跪，一条腿刚沾地，又叫路小丫戳了一指头，骂了句："你真憨！"随后便把他抱起来，两人一起滚到了炕上……

博士答辩

　　她接到沃尔克导师电话通知：三天后举行她的毕业论文答辩。随后又紧着问一句："有什么困难没有？"

　　"没有。"她几乎是不假思索地回答。她在异国做了三年博士研究生，什么困难没经历过？在阴暗的地下室里，老鼠、蟑螂都欺侮过她；一天打 12 小时工，干下来浑身每个关节都疼痛……她这个原来"上山下乡"的知识青年，固然失去了一些可贵的时间，但在那"脱胎换骨"的改造中，倒也强化和锻炼了身心。现在熬到了这个份上，她还有什么困难不能克服的？她知道导师问的是她的身体，她已怀孕八个来月，差不多接近这个国家女人产前应该休息的时间啦。她与丈夫一起攻读博士学位，但她近一个时期是捧着肚子学习的。唉！女人就比男人多一层困难，多一层生活上的负担，许多人见了都有点为她心酸。

　　"由格拉齐尼教授主考，弗洛德、戈达尔、海伦娜、约翰森四位教授都参与你的答辩，请你充分做好准备。"导师舒缓而认真地说。

她浑身不由一激灵，她知道这次答辩很不寻常，格拉齐尼是获得诺贝尔奖的世界著名的物理学家，这使她感到荣耀，也感到压力。

"怎么，您不参加？"她有点惶惑。

"我将坐在旁听席上默默为你祝福。"

她有点惊疑，不知这超常的安排里有什么文章。

五位教授并排坐在一张长条桌后边，她本来想站着，但有一把软椅已摆在那里，教授们一致请她坐好。两边坐了一些旁听的教授、助理教授和她的学友们，她的导师、她的爱人也坐在那里。

这真有点像旧戏中"会审"的架势，她不免有点心跳，这是她人生中最重要的一个时刻。挑战与机遇并存，失败与成功同在。

她的博士论文，教授们人手一份，都摆在桌子上。但教授们提的问题，常常是既在论文之中，又在论文之外，海阔天空，博大精深，又有些生僻刁钻，多超出了她准备的思路，幸亏她基础好，平日里汗水未少洒，心血未少熬，这时，倒也应付得来，只是日常颇为流利的英语，到此显得有些滞涩。过去她是同学中的小铁嘴，有人说她八分道理，也能讲出十分来，现在在威严提问的教授面前，在旁听师生的众目睽睽之下，竟似乎有几分怯口了。她暗自责骂自己，控制自己镇静下来。她从来都是个不服输的角色，今天在这些洋教授面前怎能软弱起来？她要不忧、不慌，一定使自己那些用汗水、心血换来的知识、学问得到最充分的发挥。

大约十多个回合的问题过后，格拉齐尼教授看看表，已近两个小时了。他跟另四位教授交换了下目光，忽然指出她论文中一个最大的问题：一种新复合材料的构想，在物理性能的分析上是错误的。

啊？她心中猛然一震，真是这样？全场人也都跟着她紧张起来，格拉齐尼和其他几位教授可是这方面的权威。

这一炮，把她的爱人也轰蒙了，他睁大眼睛看着她，万一她要晕了，他得把她扶住。

她的导师却冷冷地低着头，一脸不屑的神色，连看也不看过去。

"不，格拉齐尼教授，我没有错，那个分析是正确的，那个构想将会是写进科学史中的现实。"她充满信心，明确、坚定地回答。

"凭什么？"

"凭我捧着肚子，108次反复地实验。"她站起来说，这掷地有声的语言，震动了整个考场。

格拉齐尼教授和他的同人们先是一愣，随后竟都站立起来，激动地鼓起掌。格拉齐尼教授说："小姐，你扎实的学习和研究经受住了考验，你为新一代复合材料的诞生做了令人感动的拼搏，我热烈祝贺你的成功！我们为有你这样一位学生而骄傲……"

这时，全场一下子阴转晴，都跟着鼓起掌来。

她站在那里早已泪流满面。

考试的教授都过来向她祝贺。海伦娜这个小老太太抱住了她，吻着她脸上的眼泪说："孩子，你不愧是位伟大的东方女性。你带着个未出世的公民一起参加了答辩。应该说他（她）也跟你一样获得了博士学位。"

全场活跃起来，人们把她围住。丈夫、导师、学友们都跟她握手、拥抱、亲吻……

不知是兴奋，是劳累，还是……她一下子晕倒在丈夫的怀里。沃尔克导师马上拨开众人，大声说："赶紧去诊所，看看有没有把两位博士一起累着……"

人 头

这是三道岚子最黑暗、最悲愤的一天了！

许多人都被这个不幸震骇得昏迷过去了。

日本鬼子把砍下来的一麻袋村里青壮年男子的人头，以敲锣打鼓的方式给送来。人头要在村口挂三天，三天后才允许认领埋葬。世界上也许没有比这更野蛮、更残暴的了，它意在摧毁这一带村民抗日斗争的意志，扑灭山区人民抗日斗争的烈火。

发了疯的、失去理性的日本鬼子，是什么事都干得出来的。

村里一些老人和妇女哭了三天三夜，第四天擦干了眼泪，各家都把自己亲人的头颅，在村前的青山上埋葬了。只有一颗人头，由于面部伤痕太多，鼻眼模糊不清，不好辨认了。但村里一同去参军的人都遇难牺牲了，只差妇救会员佘秀英丈夫一人，这颗人头肯定就是他的了。佘秀英连日来泪眼模糊，也就把它认作是自己丈夫的人头，选择一个风水极佳的地方，在一个矗立着一棵高大青松的山冈上把它埋葬了。

就在她埋下这颗人头的深夜里，有人用手指轻叩着她的窗户。

"谁？"

"我。"一个很轻很轻的声音。

佘秀英吓了一跳，这不是自己的丈夫吗？难道他……

"谁？"她惊慌中又问了一句。

"秀英，是我。"窗外人急着说。

真是自己的丈夫，她壮着胆子开了门。

丈夫一闪进来紧紧地抱住了她，一脸疲惫和不安的神色。

"你，你不是鬼魂吧？那颗人头……"

"秀英，你摸摸我这颗头不在这儿好好的吗？"丈夫有点得意地笑了。

"那你，你怎未死？你从哪里来？"佘秀英被这个意外弄得有点晕头转向了。

"我……"丈夫没有说下去。

"你说呀！"在这严峻的时刻，佘秀英多么急于知道丈夫的遭遇和来路。

"我……"丈夫仍然没有说下去。

"你？"佘秀英这时脑子清醒，对丈夫的这种欲言又止的态度，不由得产生了几分不祥的感觉。

"我……我从县城里来。"丈夫终于说了。

"啊？"佘秀英睁大了眼睛，盯着丈夫那躲躲闪闪的眼睛，又仔细看了看他那一身衣着，她一下子明白了许多。

"不用问了，秀英，跟我走吧！咱们现在就走，省得让村里人看见……咱们到县城去……我是特意来接你的……"

佘秀英差一点瘫倒在那里，她比敌人送人头时还悲愤、还难过。眼前站着的这人还是自己那参军时的丈夫吗？

想到那一麻袋刚被埋葬的人头，佘秀英没有别的选择了。

于是，第二天村里又多了一颗新人头。它面目清楚，鲜血未干，却被人们吐满了唾沫。

"就是死了，也该下地狱！"还没有从悲愤中缓过来的村民们，不能饶过他。

佘秀英把它高高挂在那埋着模糊人头坟旁的松树上示众。村里人都看见了，村外人也都看见了；太阳看见了，月亮也看见了……它一直到风干了也没有人来埋葬。历史把它永远悬挂在那里了！

钥　匙

"珍妮小姐，欢迎你过来共进晚餐。"五十多岁的锁匠在电话里邀请他的邻居。

"谢谢你，锁匠，上帝没有给我们安排这个缘分。"

别看称呼这么娇嫩，珍妮小姐原是个四十出头不老不少的寡妇。每天出来进去只有一个影子跟着她。一个人挑着一座花园洋房，两千多平方英尺①的空间，每一平方英尺都充满着孤寂和冷落，这对她简直是一种最难堪的折磨。她需要向上帝要个男人，可仁慈的上帝对她格外地吝啬。

锁匠倒真爱上了寡妇，总是死皮赖脸地献殷勤。可寡妇哪看得上他，秃顶、连鬓胡子，真是该有毛的地方没毛，该没毛的地方有毛。怎么长来的这个德行！但锁匠不死心，老是黏糊着不放。

"拔顶的人都是绝顶聪明；生连鬓胡子的男人才别有情趣。

---

① 平方英尺：为英美制面积单位。每平方英尺等于 0.0929 平方米。

我说珍妮小姐，你不想领教领教？"

"见你的鬼去！天底下只要还有一个男人就轮不到你。"话都说绝啦！

可奇怪的是，锁匠家门一响，寡妇就心烦。一天，一个衣着鲜亮的女人走进去，她不由一震，一直在百叶窗后边看着，大约过了半个多小时女人才出来。天啊！连锁匠也要熬出头了。

从此锁匠再出来她都仔细看看，那秃顶到底是丑陋，还是标志着成熟呢？那连鬓胡子到底是凶恶，还是显示着男人的风范？

"锁匠，昨天贵客临门了？"

锁匠一听暗自高兴，寡妇也动了心。"来了个推销员。"

"推销什么的？"

"推销寡妇。"

"好你个锁匠，连你也欺侮我。"

这天夜里，珍妮一宿没有睡好，起来后洗个澡，喝了杯咖啡，就来到锁匠的铺子里。

锁匠眉毛胡子都乐了。

"珍妮小姐，什么风把您吹来了？"

"我门上的钥匙丢了。"

"真对不起，我这里有成千上万把钥匙，可上帝就没给我开你门那把。"

"你这绝顶聪明的人，怎么绝顶糊涂起来，你不知道上帝有时也会回心转意吗？"

锁匠千欢万喜地跟着珍妮小姐去了。只用一根铁丝捅了捅，门就开了。

"好个锁匠，你若当小偷准是个高手。"

"不过偷情我可很低能。"锁匠用可怜巴巴的样子看着寡妇说。

"你老调戏寡妇让她心神不安可是有罪的。"

"我是不是得赎罪了？"

锁匠一下子把寡妇抱了起来，像发疯了似的又爱抚又亲吻……

这回没有发生什么争吵，只是这两千平方英尺的空间里，增加了一个男人躁动的气息。

当锁匠把寡妇放到床上时，突然当啷一声，原来寡妇兜中开门的钥匙掉了出来。

戏　迷

　　"哐才、哐才……"他在屋地上走圆场。

　　他是个戏迷，喜欢唱京剧。年轻时考戏曲学校未考上，想拜个师，又没门，便自学自唱，自拉自演。一张老掉牙的唱片就是老师，一把3块钱买的二胡，便顶了三弦、笛子、唢呐、锡鼓、钱镜……哎，什么都有了。

　　有时唱得兴起，硬拉着老婆、孩子当听众。

　　"谁家狗跑这儿来挠门啦？"老婆着实嘲骂他。对他这比挠门还难听的破锣似的嗓子，早倒胃透啦！"夫人此言差矣，为夫唱的乃是名戏《霸王别姬》，怎能说是狗挠门呢？""你这疯疯癫癫像个啥？"老婆白了他一眼走了。孩子更不买账，早跑出去玩啦。

　　他并不灰心，照常天天练，天天唱，而且还逐渐买了些行头、道具，并且穿戴上请人照了相。往那儿一摆，这是他的剧照。客人来了还真以为他是个"角儿"呢！其实他除了在家里这般自个儿折腾，连一次台也未上过。

怎奈好上了这出，一辈子不罢休。一直到了晚年，在广场上一些京戏爱好者凑热闹，吹吹打打，拉拉唱唱，他毛遂自荐也凑过去露两手。毕竟久经学练了，人家说他这板眼还准，就是嗓子跟不上啦！

这年镇上筹备教育基金，举行群众义演。四处请不到演员，他听了自告奋勇说，看我咋样？人家让他喊两口，他唱不到三句，人家摆摆手说："老先生您可能是位老演员啦，但如今年岁不饶人，嗓子不济了。"他说："我不开口给跑龙套行吧？"人家说："跑龙套都是年轻的，您这老天拔地的别摔倒在台上……"

他沮丧地走了。没有多久又转回来，把个小存款折往桌子上一放说："我捐500元办学行吧？"

"那当然欢迎。"

"可得给我个角儿演演。"

人家看这个老戏迷实在没办法，就在戏中选个跟着走场、只有一句台词的配角给他。这把他乐坏了。演出前他一直跟着认真排练，人家说："你不用练，到时跟着走就行啦。"他说："那怎么行，戏怎能不练就上场？"其实他是不愿放弃这个过戏瘾的机会。

他连日来一直兴奋不已，演出的前一天晚上连觉都未睡好。不想第二天刚登场这一句戏词未唱完，心脏病就急性发作啦！送到医院去，老婆抱住他号啕大哭："有啥累不好，为什么偏有这口累？"他却露出一丝欣慰的笑容，用极其微弱的声音说："我到底上台啦！"随后便安详地闭上了眼睛。

夜半酒渴

口渴。好口渴。

他梦里就想喝水。在一片灼热的沙漠里跋涉，渴在袭击他，他总想喝水，可他总见不到水，一望无际黄澄澄的沙漠，哪里有水呢？

他渴极了。梦醒了，酒醒了，但浑身酸软无力，很不愿动弹。

不行，他忍不住了。他爬起来扑向茶杯，茶杯是空的；他扑向暖水瓶，暖水瓶翻过来也无一滴水。

服务员！他情不自禁以干涸的喉咙喊了一声，可这三更半夜的，服务员早都回去睡觉了。他看看表，表的小针已滑向两点。

他到卫生间，卫生间的水龙头也在张着干涸的"嘴巴"。这鬼地方！供水紧张，一天 20 小时停水……

他必须喝水啊！口渴得实在不行了。

他真后悔，自己为什么在晚宴上那么经不住劝，销售厂长劝，公关小姐劝，八竿子打不着的牵线朋友劝……特别是公关小姐真有一番分外功夫，那酒喝起来说不好啥滋味，只觉得酒里掺了"花露水"，又香，又甜，又有股邪劲儿，不管咋样，都怪自己贪杯呵！

他穿上衣服跑到一楼去找看门的人，可在这光线暗淡的楼道里，上哪儿去找呢？这时谁不在甜蜜的梦乡里？

他又回到房间来，到卫生间把张着嘴的水龙头又使劲拧了拧，按了按，万一它低下脑袋能吐出几滴水来呢！白费，水龙头嘴比他嗓子还干……

越折腾越渴，越渴越难忍。

现在剩下最后一招，他得去敲其他旅客房间的门求水了。

每个房间都熄了灯，只有走廊里那盏度数不大的照明灯还疲倦地亮着。敲哪一扇门？那里住着一位或两位什么样的旅客？人家正酣睡，这会引起什么样后果？会不会不理睬？会不会遭一顿臭骂？会不会……他端着一只大搪瓷缸子在走廊里踌躇着。

这真太为难、太尴尬了！尴尬人，尴尬事。

走向哪一扇房门，他都举步维艰。

他再次看一遍这走廊的每个房间。忽然眼前一亮，有个房间门上方还微露出淡淡的、柔和的、粉红色的光亮。那简直是颗救星！里面的旅客可能还未睡觉。但细一想这是个高档套间，里边肯定住着不一般的人。万一是位高干惊动得起吗？万一是个带着"秘书小妍"的大老板，那就更糟糕……

渴。渴死了！他不能再犹豫了。

他举起手来只用一根指头轻轻敲敲门，他屏息听听没有反应。

他再一次轻轻敲敲门。

谁？一个斗大的问号飞出来。

"万分对不起，实在不得已，请给杯水喝……"他干哑着嗓子不知怎样表示歉疚和请求好了。好个可怜相。

没有回音，又恢复死一般的寂静。他戳在了那里。

这时，他想把耳朵贴在门上听听。呵！这才看清，门上竟贴着个大红的双喜字，这原是间旅行结婚的洞房。他不由浑身一震，这不是给人家冲喜了吗?! 真是作孽呀！唉！倒霉的事都赶在了一块，他连忙后退一步，准备迎接一场十级风暴。

风暴没有来临。一阵细语，一阵窸窣。叭，一线灯光射出，门开了一道缝，没有语言，一只红色暖瓶摆在了门外……

第二天当他从街里买了份厚厚的贺礼回来，人家这对新婚夫妇已经走了，他连个面也未见着。

洛阳车夫

我们七八个青年学生，从东北沦陷区跑出来，穿过"敌伪"封锁线，渡过黄河，奔赴洛阳。一路上紧张、劳累、饥渴……身上带的很少行囊、衣物，都成了过重负担；再加一个叫小秦的，肠炎发作，举步艰难。我们在一个小镇上决定雇两辆架子车，一辆拉东西，一辆拉小秦。

谁料我们跟车夫一说，他们都冷冷的。一个老车夫厌恶地冲我们摆摆手："不拉洋鬼子！"

我们蒙啦！这叫啥话？可细一看我们这身日本学生的打扮，也着实刺眼，不怪人家鄙弃。为了在沦陷区通行方便，我们都未换装，不承想就这身皮，带来了麻烦。没法我们只好把河防军开的路条，拿给老车夫看。老车夫把保长找来盘问了我们一番，知道我们是从东北跑过来的青年学生，脸色才略略开晴。不过，还是冷冷落落地说：

"拉！不拉洋鬼子，还能不拉爱国青年……"

路上闲谈中，有人叙述往事，说了几句日语，这惹得老车夫瞪圆了眼睛看着我们说：

"这里是中国，你们那些亡国奴的话，扔了它吧！"

他说得我们心里很难过，脸上火烧火燎的。我们知道这又引起误解，触犯了民族感情，便互相告诫不许再说日语。但走着走着，总觉得这块黄土地过于古老和落后了，汽车、自行车很少见，架子车没有充气胶皮轮胎……年轻人嘴上没个把门的，想啥说啥，一时间你一言我一语竟评论起它来，这使老车夫听了很不入耳。他一赌气停下车说：

"你们找那种洋车去吧，我不拉了！"

这闹得多尴尬！我们中年龄最大的邱大哥，连忙向老车夫道歉，说："大叔，您别生气，我们这些毛孩子不懂事，您多担待……"

老车夫未吭声，看了看我们不安的神色，才又操起车把来往前走。经过这三番两次不愉快的场面，大家都觉得这老家伙不太通情理，老看我们不顺眼。我们背井离乡，来参加抗战，怎能被这般冷酷对待？心里很是委屈，两个女学生差不多要哭鼻子了。可是，事情到此并未结束。第二天走出不远，老车夫在一个下坡处往旁一闪，突然"哎呀"一声停了下来，说脚崴了，便坐在那儿揉起脚来。常言道：伤筋动骨一百天。老车夫走不了，小秦可咋办？这回邱大哥又出场了，他扶着老车夫问他脚崴得怎样，并拿出我们带的碘酒要给他擦，老车夫连忙摆摆手。我们请他上车要把他和小秦一起拉着走，这使他很惊讶。看了我们老半天，当然也还是摆摆手。只是这一来，他头回露出来个笑模样。这个五十来岁的老家伙，在一脸黄土的红铜色的脸膛上，绽出个笑容犹如一缕阳光，让我们心里暖和了不少。他说你们先拉着，我在后边巡溜，也许能好……

邱大哥和我拉着车未走多远，小秦突然剧烈腹痛起来，爹一声妈一声，汗珠直往下滚。他的女友小文子也急得直哭。这太可怕啦！可附近又无医院，除了赶赴洛阳，别无办法。老车夫一看这情形，猛地冲上去抢过车把，在灰尘飞扬的黄土路上，一溜烟地跑了起来。

咦！他刚崴的脚，怎么这么快好啦？到底是邱大哥见识多，他轻声对我们说：

"人家方才可能是考验我们呢，看看我们这些来抗战的小青年，究竟都是些什么料……"

我们这才如梦方醒，原是这么个关子！

九月天，河南这地方，早晚冷飕飕，午间晒出油。老车夫甩下了土布褂子，露出一身跟脸膛相仿的红铜色肌肉，汗水像道道小河从脸上、脊背上流了下来。以小跑速度拉了这么一辆笨重的架子车，是很不轻松的，我们紧帮着在后边推。

车上小秦疼痛的呼叫声，由大慢慢变小了，谁都知道这不是好的征兆。

跑，只有拼命拉着、推着这辆架子车向前跑。谁也不知跑了多久，大家都盯着时间，大家又都忘了时间。

终于洛阳在望了。可就在这时，老车夫猛地吐了口鲜血，便一头栽了下去。我们扶起他，他伸出两个指头，告诉我们进城只有两里了，接着便闭上了眼睛。这猝然的意外，砸得我们惊慌失措、晕头转向。我们连忙把老车夫抬到车上，一齐簇拥着向洛阳跑去……

小秦得救了，老车夫却再也没有睁开眼睛。

魅　力

　　这天，他刚打开新居的窗户就被吸引住了：对面楼中一位亭亭玉立的少女，正站在落地窗前。尽管隔着玻璃，也可看出她非常美丽动人，那面孔、那身材都极匀称生动。一身海蓝色的春装，使她显得高雅文静，甚至还带点青春的深沉。她隔着窗户凝神地向外望着，一双清澈幽深的大眼睛隐约可见，那里蕴含着一个花季的初春。

　　他猛然一惊，想不到这里还有位如此凭窗相望的芳邻。他有点慌乱，想仔细看看，可又不敢过分注视。生怕惊扰了她，破坏了她的宁静和幽思，也破坏了自己这意外的幸遇。他躲开她的目光偷偷地观看，即使这样偷偷地观看，他也屏息敛气小心翼翼。而且也不敢看久了，仿佛看久了也是一种贪婪和亵渎。

　　太美了，太迷人了！

　　这夜他没有睡好。

　　第二天一早起来他马上打开窗户，可对面楼内她的房间还挂着窗帘，窗帘是柔和的天蓝色的细纱。哦，她一定是个喜欢高天和大海的少女，这使他不由又产生了几分崇敬，好一个海阔天空的襟怀！

于是，他想到他得换一换窗帘，也换成个天蓝色的，让她一搭眼就感到喜悦。接着他便擦起他的窗户和窗台，要让它们在她的眼前干净和明亮起来。

于是，他又想到得在窗台摆上一盆鲜花。月季？茉莉？山茶？……他想不好她喜欢什么样的花。想来想去他就买了一盆兰草摆在了那里，也许清香、淡雅的兰草会招她喜欢。

这一切都按着他所揣度的做了。

她依然那么安静地站在窗前，凝神地向外望着。

他想她一定看见他更换了的窗帘、摆放着的鲜花。这个变化引没引起她的关注或惊喜？他一直躲在窗户一边望着，总想捕捉到她表情上的变化，可结果令他失望，她依然如故。也许这两楼的间隔和窗户的罩着，他们之间还蒙着一层轻纱，使他难于看清她细微的表情。

她为什么不打开她的落地窗呢？也许她还惧怕初春的风寒。

第三天在她那天蓝色的窗帘拉开后，她又依然不动地站在那里凭窗凝望。

她凝望什么呢？是这苏醒了的楼宇？是这嫩绿新发的枝头？是这啾啁鸣春的小鸟？还是这在寂静中给人深远感觉的蓝天？

他忽然想到她为什么不出来走走呢？那样他该看得多么真切。几天来他在外面的草坪上等候，可总未见她下楼。难道她只喜欢室内的春天？第四天她依然站在那里

他终于按捺不住找个借口，敲开了她家的房门。迎接他的

不是她，而是一个大胡子的中年人。他把他让进那个落地窗的大房间，室内画架林立。呵！几天来令他魂不守舍的少女，竟然是一幅油画。这回他才真正看清了她，他在这幅少女的肖像前呆住了，她比活人更具有不可抗拒的魅力。一个少女的青春气息，完全透出了画面！

他比隔窗相望更加入迷。

他失态地在画像前站了很久，很久……

临走时他狠狠打了画家一拳：好你个画家……便欲言又止、若得若失跟跄着走了。

情系烧火棍

　　二虎把土豆子领到家，老娘一看又惊又喜，举起烧火棍佯装冲二虎打下去，却不无几分欣悦地骂道：

　　"你真有出息，人家捡的'洋落'都是死的，你怎么捡个活的回来？"

　　日本鬼子投降的消息传到了下河湾，"开拓团"的日本人全乱了套，十多户日本移民，叫恨透了日本侵略者的老百姓全给抄了家。

　　其实二虎这小子远在日本投降前就已逃出去好几天了。那天，他在下河湾里割柳条子，忽见土豆子这个日本姑娘在河里洗澡，他看得眼发直，身发痒，一个箭步蹿过去，把土豆子衣服抱起来就跑，土豆子喊也喊不住，就光着身子追过来。这使二虎倒吃一惊，日本姑娘脸真大，竟敢光着身子撵男人。待撵到柳树毛子里二虎乐啦，他忙脱光衣服反转身去把土豆子抱住，土豆子倒变了，经二虎一抱她竟成了一摊泥……

　　土豆子是开拓团高仓家的一个女孩，十六七岁长得个溜圆，因此，二虎给她起了个外号叫"土豆子"。二虎十八九岁还未娶媳妇，早就想女人了，这回算开了荤。干完那事土豆子还在哭，他一看给人家弄出来不少血心就软了，忙着抓把草给擦擦，很体贴地说："你的快回家吧！"然后抬腿就跑了。他想这回闯下了大祸，土豆子若回家一说，日本"开拓团"还不得要他的命！

这些天来二虎一直在村外转悠，不敢回家。这天正犯愁呢，忽见土豆子拿着个布包慌慌张张跑过来，他俩一见面都愣了，土豆子像遇到亲人一样一下抱住二虎哭了起来。原来她是在混乱中跑到树林子来逃难的。

二虎听了乐得一蹦老高，这回他不用躲了，小日本终于垮台了。其实那天土豆子回家什么也没说，二虎就是块石头这时也得把她领回家了。

二虎娘把土豆子拉过去从头看个遍，说："这孩子长得怪怜人的，从日本到这儿也不易，如今落了难就留下吧！"

土豆子赶紧给二虎娘磕了个头，随后抱住她哭了起来。二虎娘把二虎和土豆子拉到一块，用烧火棍指着他俩说：

"虽然没拜天地，你俩也是夫妻了。你们就冲着我这烧火棍起个誓，相亲相爱，永不变心，生时一铺炕，死时一座坟。"

这回土豆子动情地抱住二虎又流了热泪。

村里人都说二虎这小子捡了个大"洋落"，白白得了个小媳妇。二虎一帮小哥们都来看稀罕，逗土豆子玩。二虎不好言语，二虎娘就拎着烧火棍往门口一站，她说："谁家没有姐妹？谁家没有母亲、妻子？中国女人是人，日本女人也是人！她来俺家就跟明媒正娶的媳妇一样，谁若欺侮俺家媳妇，别怪老娘的烧火棍不认人。"

二虎爹过世早，二虎娘拉扯个孩子过日子，孤儿寡母，万般艰难。东边风，西边雨，九灾八难不断，倒磨炼得她刚强过人，一身是胆，村里没人敢惹，儿子便也孝顺。

土豆子富有日本女人的温顺勤快，自从她一进门，二虎家的日子就红火起来。土豆子又生了一窝"两合水"的儿女，乐得二虎娘都有点闭不上嘴了。

怎奈人无千日好，花无百日红。二虎这两年叫饱饭撑的，有个日本媳妇侍候渐渐不满足了，又跟村里一个姑娘勾搭上，对土豆子就由冷漠发展到了打骂。他不知从哪里听说日本男人都打老婆，日本女人的温顺是打出来的。土豆子受了丈夫欺侮不敢跟婆婆说，生怕老人生气。可二虎娘不马虎，什么都心明似镜。这天，二虎正打土豆子呢，未防娘从身后狠狠打了他两烧火棍，直把二虎疼得乱叫。土豆子赶紧抱住婆婆，哭着给她跪下了。

二虎娘也流了眼泪，她说："看他把你打成这样子，你还护着他……"随后她冲着二虎厉声说："你心长哪儿去啦？"

二虎不敢言语。

"你认识娘的烧火棍吗？"

二虎只低着头不说话。

"娘就靠它把你拉扯大。在家教子，出门打狗，烧火时捅灶坑，有人欺侮咱也靠它上阵，它是娘不离手的一件家什，这些年来娘就靠它顶门户过日子了。一辈子也许用它千根万根，可攥在手里就一根。咱家没有宝，它就是宝！二虎，你和土豆子成家时对它起过誓，你再说一遍！"

二虎脸红到脖子根，不敢言语。

好个烧火棍！土豆子这时才完全领略到这根烧火棍的分量。

"再说一遍！"老娘不依不饶，把烧火棍用力往地下一捅。

二虎看躲不过就嗫嚅着说："相亲相爱，永不变心，生时一铺炕，死时一座坟。"

未等二虎说完土豆子便流着泪把他抱住了，二虎也低下头落了泪。

中日复交后土豆子家来人接她回日本，几个儿女都要跟母亲去，二虎这时才掂出来土豆子的分量，原来这个家一大半属她……不免有些发慌。

老娘狠狠瞪了他一眼，骂他"窝囊废"！她说："世上有情有义的女人都要个家，到时候娘把烧火棍往地上一捅，她就从日本往回飞。"

二虎默然，他想不好他娘的烧火棍真有这么神。

手

"太残忍了！太残忍了！"他注视着一个镶金盒子中放着的一只小手，那小手干枯得只有一块饼干大小，乌黑得跟带皮的干树枝一样，他语音不清地叨念着。

可儿子明白，他接着说："是太残忍了，爸爸，你安静休息吧，还想那做啥，海盗有几个不是残忍的！"

儿子这一说他似乎更加不安，痛苦地闭上了眼睛，陷入冥思之中……

他原是个越南难民，20 年前从越南战争的炮火下，抱着一个不满周岁的婴儿逃了出来。刚一踏上这块土地时，他举着儿子那失去右手的小胳膊，用半生不熟的英语向行人乞讨："可怜可怜孩子吧！这是带着血泪的手呀！"

美国人是好奇的，为什么这孩子失去了右手？大家围过来看地上那张用英文写的告地状。

"啊！是海盗给剁去的，拿不出钱来就剁去孩子的手……这真太残忍了，太残忍了！"在这个"儿童天堂"的国度里，这是最容易刺激人们感情的了。那只被剁下来枯干乌黑的婴儿小手，就放在玻璃盒中摆在告地状上，实在令人惨不忍睹。

于是，富有爱心的人们开始拿出钱来，1元、5元，当然也有25分的硬币和20元的钞票投了下来。

美国这金钱社会，人们是视财如命的，越富越抠。但对这首批九死一生、漂洋过海来的越南难民，人们的惊奇、同情还是多于冷漠。特别是在露脸的地方，表现爱心的这点钱还是舍得花的。在繁华的纽约，特别是曼哈顿这个富人区里，有人施舍1元，就会有人施舍10元……

这件事很快以各种不同形式，进入美国猎奇的新闻媒介，他和怀中抱着的婴儿自然都成了新闻人物。这一下激起了更广泛的关注和同情，儿子那只被剁掉的小手，成了金手！他没有想到自己这一步棋，竟有如此这般的社会效应。他抱着孩子走遍美国，成了乞丐富翁。

后来他开了餐馆、办了公司，他完全从灾难走向了幸运，他拥有了企业和花园住宅，他成了令人垂涎的美利坚这块土地上的富人，这是他在越南时连做梦也没有想到的。

儿子也渐渐长大，而且长得很健壮，他用一只手换来了往日无法得到的优裕生活。但他恨死了海盗，他知道他那只右手是被海盗剁去的，他发过一千次誓，他一定要去寻找那个海盗，尽管只有一只手，也丝毫不影响他复仇的决心。他常问父亲："剁下我手的那个海盗长什么样子？"

这时父亲常常闭起眼睛，似乎痛苦和悲伤使他陷入一种麻木的状态。儿子问过他几百遍了，几百遍他都漠然无言。现在他患了绝症，正面对死神的召唤。金钱买不回来儿子那只手，金钱也挡不住死神的召唤。他望着那只小手，呆呆地、默默地经受着临死前一个沉重的折磨……

"爸爸，你对我的问题，为什么始终没有回答？现在你要走了，难道还要把嗜血的海盗永远保护起来？"

他一惊。他早该回答孩子的问题了。他费力地摸着儿子那只逼真的假手，眼角流下浑浊的泪珠。

"爸爸？"

"你这里应该长着只血肉温暖的手……"

"是的，爸爸，那是海盗的残忍。可你还没有告诉我那海盗的模样呢！"

"孩子，你往这儿看。他用手指着自己。"

"爸爸？"

"'海盗'就在你的眼前……"

红　梅

　　北国文艺出版社编辑彭雪红，在一场混混沌沌的运动中，连续经受疾风暴雨般的批斗之后，被戴上"右派分子"的帽子赶下了乡。

　　村里党支部与上级研究把这个年轻的女"右派"，安排在一位烈属老太太家。据说老太太很革命，她住在这儿既方便，又便于对她的监督改造。

　　老太太年纪并不大，也许还未到五十，也许五十刚过，不过，头发倒是花白了。她对老太太当然得称老大娘。老大娘一见她就以十分好奇的目光，像看西洋景一般，从上到下把她看个底儿掉，直看得她很不自在。

　　"你就是那个'右派分子'？"老太太劈头就问。

　　她很惊讶，怎么这样问呢？这是有意羞辱，还是什么？她没有准备，便含混地轻轻"嗯"了一声。她很不舒服。

　　她俩就从这样一问一答开始生活在一起了，一间小草房里住了她们两个不同身份的女人。也许因为她要来，老大娘把屋里用旧报纸重新糊了一遍，既干净又保暖。屋里南面是铺火炕，北边是柜子、箱子和掸瓶、镜子等一些摆设和用具，东面是上下对开的两扇玻璃窗，窗上一边一个小窗花。阳光照进来小屋还是暖洋洋的。

彭雪红这个北方女子，对当地农村还是熟悉的，不过换了个身份，在不同的境遇下，她对眼前的生活就既感痛苦而又陌生了。她已失去自由和快乐。

她摸不清房东老大娘对她怎样看，只是刚见面那一问就叫她打了个冷战，直问得她火烧火燎，大半宿没有睡好觉。若在过去她怎容得这个？她一定反唇相讥，可是，现在她得忍着，她头上还有一顶帽子呢！

第二天天一亮老太太起来做饭，她要去伸手帮一把，老大娘说："不用了，你歇着吧！"

她心里不由咯噔一下。这是照顾，是烦恶，还是不信任呢？由于不同的身份，她处处都小心翼翼，处处都多几分疑虑。

她整理自己衣物时，翻出一本友人送给她的挂历，她要开始度日如年的生活了。就在她要给挂历寻找一个悬挂的地方时，突然看到糊墙的报纸中，有一张在一版上有批斗自己的新闻报道，醒目的大标题里赫然标着自己的名字，旁边一篇专栏批判文章也把自己的名字冠在题首。她一下子呆住了，未料到这张要把她彻底搞臭的报纸，竟像阴魂一般事先就等候在这里。她想这也许是个无意的巧合，但天天面对着它该多么难堪啊！她不由得一阵头晕，差点倒下来。

早饭时老大娘看她脸色不好，又有点吃不下饭，以为她昨天走路累着了，便安排她在家里休息。

老大娘走了，她躺下来，这才感到浑身一点劲也没有，筋都给人家抽去了，像棵遭了霜打的小草，再也支棱不起来啦！她侧身躺下正好看到那张报纸，不由思前想后对人生一片迷茫。她不知村里人读未读过这张报纸，也不知房东老大娘识不识字。这时她忽然想是不是人家有意贴在这里的？意在时时提醒群众，报上批的彭雪红就在这儿住着呢！也在时时提醒她接受群众教育，脱胎换骨认真改造……她天天都要看见那张报纸，心里像揣着一只刺猬一样难受，这对她简直就是一种折磨。她多想把那张报纸撕下来，可她敢吗？

现在她天天要下地里去干很脏、很累的活，回来后骨头都如散了架子一般，而这张报纸又像一个巨大的幽灵，张牙舞爪地站在她的面前。

老大娘似乎看出了她痛苦不安的心境。一天，她正望着那张报纸出神时，老大娘默默地注视了良久，她说："你就是那报上的彭雪红？"

啊！她吓了一跳，想不到她的行为被老大娘注意到了。她也由此知道老大娘是识字的，心里就愈加忐忑不安。

"想不到啊，你也是个上了报的人物……"老大娘有点自言自语。这啥意思？她心里又一惊，这是不是说对她要看得更重、监督得更严啦？

第二天老大娘没有出工，她一个人下地去心事重重，神情萎靡，活像掉了魂似的。回来再不敢看老大娘，再不愿看那面墙。可是当她侧身躺下，她还是看到了那面墙。啊！一个意外的景象震惊了她：一幅大红梅花剪纸，背衬一张黄纸，上有白纸点缀的雪花，十分鲜艳动人，而它正贴在那张报纸上，把批斗她的报道都遮住了。她一下子全明白啦！激动得不得了，猛地跳起来抱住老大娘，流下了滚滚的热泪。

此时，两个女人的心，贴在了一起。

鸭黄色的裙子

那年，流行黄色。

楼上焕第在我出差的前一天晚上，轻轻地敲开了我家的门，一闪进来。

"于叔，听说您到广州出差，麻烦您给我捎一条黄裙子回来。"说着她递给我一卷攥得皱皱巴巴的票子，一张写着样式、尺码的单子。

"要深色的，还是浅色的？"

"鸭黄色。"

"鸭黄——？"我只知有鹅黄、豆黄……还未听过鸭黄呀！如今年轻人的语言太丰富。

"就是小鸭刚出壳那一身绒毛的颜色。"她说着淡淡一笑。

这姑娘笑起来很好看，只可惜这几年不常见。

焕第是楼上一个研究员的女儿，高中毕业连考三次大学未中，目前正在家中待业，成天见人躲躲闪闪的，总像比谁都矮不少。特别是今年她弟弟以高分考入重点大学，她本应高兴，但相形之下脸上就更无光了。在他们那个家庭里，学习才是子女的出路！为了督促她学习，有时隔着一层楼板，也能隐约听到一些不愉快的嗓音……

我发现焕第这孩子语言越来越少，在父母跟前过早地失去了少女的天真活泼。

"于叔，"临走时她又看着我，迟迟疑疑地说，"您买回来不要往我家送，我会来取的。"

这显然不是客气，而是有意回避什么。我不太理解，但也不便细问。

到了广州，给别人捎的东西有些都未买，她这条鸭黄裙子，我却跑遍了全城，完全按她的要求买了回来，我想她会喜欢和高兴的，她父母也会感谢我的。谁知我刚到家不久，她就匆忙取走了，连看也未看，似乎躲着谁似的。

可我心里老嘀咕着，不知她是否中意，老想看看她穿上究竟如何，但就是总未见她穿。

这天，我外出办事，在楼门口碰见她出去，她穿的还是平时非常朴素的那身衣服，手里提着个兜子。我问她去哪儿，她说去补习。我心中一震，还补习？

办完事还有点时间，我特意绕道公园回来，想借以散散心，换换空气。走在绚丽的阳光下，争芳斗艳的花草树木中，顿感神清气爽，心旷神怡。就在我走过一片芍药花丛时，忽然有几个小青年嬉戏着追逐过来，其中有两个穿浅黄色，不，鸭黄色裙子的少女，非常打眼，她们仿佛两只飞翔着的蝴蝶向花丛扑来，太美啦！待我定睛一看：哦？其中一个不就是焕第吗？

生活的慨叹

老妻一看到现在年轻女子穿着美丽、时髦的服装，就慨叹自己年轻时只一身灰、一身蓝地过来了。

的确如此。天老爷可以做证，她年轻时连一件花衬衫都没有穿过，从里到外不过灰、蓝、黑、白四种颜色。我们掐着指头数了一百遍，真的，就这四种颜色。你说还许穿个花裤衣呢，可那外人见着了吗？

于是，她慨叹，我也跟着不胜惆怅。

这只怪她生不逢时，在那个年月里有啥法儿？现在穿衣服解放了，我总寻思着买几件时髦的衣服给她打扮打扮。

一次，到上海去办事，在这个引领服装新潮流的大城市里，我给她买了一套米色的"派力司"西装，上身是单排扣，略带掐腰的法式上装，下身是与之配套的筒裙。然后，我又根据这套西装的颜色，买了一白、一粉两件丝绸衬衫。随后又买了一件绣花的连衣裙，一双编花的半高跟凉皮鞋。当然，这也是带有老眼光的选择，远不是这个年代的尖端货色。可这，她也从来没穿过呀！

回去，老妻一看眼睛立刻亮了起来，戴上三百度的老花镜，又摸又看。

"老家伙，你给我买这个干啥？"这可是个满怀喜悦的问号。我听着老妻说话的声音都变了。

"穿呗！"

"都老白毛子了，还穿这？"老妻嘴上这么说，可心里那个高兴劲，伸手都能叫你摸得着。

她穿起来，嗬，起码年轻了 20 岁！这可一点没夸张。在穿衣镜前一照，满屋都亮了。她也止不住神采飞舞，嘴巴合不拢了。

老妻年轻时相当漂亮。那时如果选美，在全城也会压倒群芳。现在虽已老了，却依然保留着原来的一些风韵。

"你穿着咱们到附近公园走走，我给你拍几张照片……"我急于把老妻领出去展览展览。

她晃晃脑袋："跑那儿去出什么洋相？"

隔两天上街时，我又说："老伙计，你穿上，咱们到百货公司逛逛，也跟小青年们比比……"

"别逗啦，跑那儿去挤挤擦擦的显什么！"

不久去市里参加一个联欢会，我说："这回该穿了吧？"

她笑了笑，又晃着脑袋说："人太多了，怪扎眼的！"

……

从此，我给她买的两套衣服就都挂在衣柜里，成了摆设！这弄得我心里怪不是滋味的。

进入暑期，气候炎热。一天，我从外边回来，隔着窗户见

老妻正穿着那件绣花的连衣裙,在穿衣镜前来回走动着照呢。嘿,那个美劲就甭提啦! 我进去后,她瞅瞅我略带羞涩地一笑说:

"这衣服倒怪凉快的。"

我想这回没问题她总该穿了,便拉着她说:"屋里太闷,咱们到广场的小树林里去透透风。"

谁知她又马上换上了那穿了两代人不离身的蓝裤子、白衬衫。

孤 树 根

孤树根，不孤。他总叨念他还有个儿呢！

孤树根尚未成年父母双亡，留下他这么个孤儿，靠一把力气活下来。媳妇没人给，打了半辈子光棍，竟落下了这么个绰号。合牙不合牙没人管它，一叫便叫了起来。

孤树根这年给人家看瓜，一场大雨把个小寡妇二翠赶进了他的瓜棚。二翠叫雨淋个透，一件白衬衫，一条蓝裤子都贴在身上了，凸凸凹凹，曲线毕露。孤树根正在那儿做梦娶媳妇呢，二翠一进来不由一惊，两眼都直了！

"老叔，我在你这儿避避雨。"二翠一下子闯进了这老光棍子的瓜棚，自己又被浇得有点透明了，便也很不得劲。

"啊，啊……"孤树根话都不知咋说啦。忽然他看见夜里生的火盆还未灭，就说："我把火生着，你烤烤吧。"于是忙三火四地生着了火。

二翠嘴上说不用不用，可身上冻得直哆嗦，也就走近了火盆。

孤树根忽然又瞧见自己那件夜里披的棉大衣，就拿起来递给二翠说："你把衣服换下来烘干了吧！"

天啊！他怎说出这么句话来，这把二翠吓了一大跳，脸都红到了脖子后，心怦怦直跳，忙说："不用，不用……"

孤树根浑身燥热起来，四十大多连个女人毛还没摸过，他抑制不住冲动，把棉大衣往二翠身上一披就把她抱住了……

这时，外边大雨如注，雨帘密布，远山不见，近树不见，天地间白茫茫一片，老天爷给他们拉上了窗帘。

瓜棚子动摇了起来……

自此，二翠就总赶阴天下雨出来下地干活，孤树根的瓜棚里就总有个避雨的女人。这事倒也神不知鬼不觉，怎奈二翠的肚子不争气，没有多久就一点一点向外宣告了，勒也勒不住。

孤树根说："嫁给我吧！"

二翠说："这怎么行？我还管你叫叔呢！"

孤树根说："这哪儿挨哪儿呀！你我又不一个姓。"

二翠晃晃头说："这也不行，哪有叔娶侄媳妇的……"

二翠被婆家撵回了娘家，孤树根被挂个"老流氓"的木牌子，斗个茄皮子色。二翠被嫁给了外地的一个小贩，小贩正好想要个儿。孤树根依然看瓜棚，打零工，后来分了二亩地，就没黑没白地在地里滚，只是女人都离他老远，这使他更想二翠，也想他的儿。所以人家一叫他孤树根，他就心烦，他说："不孤，我还有个儿呢！那是正经骨血，谁也改不了……"

人家说："你的儿，你见啦？"

孤树根这时便勾着头不言语了，但随后又喃喃地说："我摸到过，当时在他娘肚子里还动呢！"

这引起了人们一阵哄笑。

"笑啥？这是真的。"当然是真的，孤树根从摸到他儿子那一天起，就快乐得像个神仙似的，他想这回我也要有个儿了，谁还敢说我孤?!

孤树根越老越想儿，儿是他的种呀！这些年来他省吃俭用在攒钱，他准备给他儿娶媳妇用，公狗还要个母狗呢！儿不能再像他……

这天，他终于按捺不住，仿照原来斗他时那样做了块木牌子，求人给写上了"老流氓孤树根"六个大字。他找了村主任说："我这死猪不怕开水烫啦，你们再斗我一回吧！"

年轻村主任傻了，他说："大叔，你这干啥呀？村干部换了好几茬儿，当年斗你的也不是我们呀！"

孤树根说："换了神换不了庙，我冲这庙来的，你们斗吧，斗完了把儿给我找回来！"

村主任这回乐了，他说："大叔，你的儿没见天日就叫人带走了，这叫我们上哪儿给你找去呀？"

孤树根急啦，他把牌子往桌子上一摔，大声说："我儿在他娘肚子里我就摸到啦，怎说我无儿呢？"随后又大声说："都叫这块牌子给搅的……"说罢，老泪横流蹲在了地下。

村干部们原来想笑，这时，谁也笑不出来了。

一束鲜花

她给我一张名片，在英文名字下还印着"彭黄丽珠"四个中文字。名字说明她本人姓黄，丈夫姓彭。

她四十多岁，苗条、秀丽、活泼、机敏，正是女人第二个青春的开始。刚做完博士后就成了一家大计算机公司的总工助理。这在留美学人中也算强人了。四十已过的女人，多不易呀！

她要买一座花园洋房，然后把丈夫和孩子从台湾接来。没人帮她，就抓了我这么个老头子给做伴。我说："不赘脚吗？"

她说："哪里话，全有赖老伯助威了。"

是啊，我也只能起此作用。

美国房产业不景气，是买方市场。商店门口任人随意拿的房屋销售小册子，一摞子一摞子摆在那里，她一本都不看，只从报纸上找房屋出售的广告，然后电话联系，开车去看，直接与房主打交道，完全抛开了经纪人。彭太太办事跟做学问一样颇有心计。

买房子是件大事，她说不看 30 幢房子下不了决心。于是，她开车到处转，我就在身边陪着。整整看过了 29 幢，似乎她还未最后定夺。这天，到了第 30 户售房人家。一幢褚石色砖面二层带地下室的小楼，旁有能容两辆车的车库，都整修一新，从外表上没法看出它的房龄。前后草坪宽阔，修剪得十分整齐。院心小桃红盛开，院后的梧桐树枝繁叶茂。未等进入楼内，外面就已招人喜欢。

彭太太说，若在台北那样人口密集的地方，有这样一幢住宅简直就是神仙了！

接待我们的是位中年妇女，黑头发、高鼻子、大眼睛、白皙的皮肤，看不出她是个什么族裔的美人。她领我们先看了外客厅，这间直通楼顶的大厅，高悬着的吊灯与四周壁灯都清一色是黄铜的，就连两张红木小茶几也是黄铜镶边，非常协调、气派，而且古朴、典雅，地板上铺着的波斯地毯，两边摆着红木扶手的皮沙发，也都整旧如新。这些进屋后就又给了你一个惊喜，我见彭太太已面露笑容。

外客厅后面是书房或称为工作间，还有一个较小的内客厅，这是只供家人聊天、看报、看电视等休息之处。另一边是餐厅、厨房、洗衣间、卫生间等。楼上则是四间卧室，一大一小两个卫生间，一大一小两个衣橱，还有一个直通楼外的宽大木头阳台。至于地下室，则有健身房、木工间和一个自控供热水的小锅炉，以及一个储藏室。

这幢小楼住个三口人的小家庭，实在是太舒服了，所以彭太太边看边点头，看来她对这幢住宅较为中意。也许正因如此，彭太太对房屋的举架、墙壁、地板，甚至管道、壁橱等也都看个仔细。

最后看到主卧室，我们一下子呆住了：一个有些脱了相的男人躺在一张躺椅上，两只大眼睛有点吓人。接待我们的女人连忙告诉我们，这是她患了癌症的丈夫，因为没有钱进医院去治疗，所以才不得不卖这幢房子。

我们忙向病人问好，病人也无声地颔首向我们致意。

看来这是一户走入了困境的家庭，我们也跟着有点心酸。按照通常的情况，这种危急中出售的房屋价格都是较低的，我们根据实际比较，房价也确实是便宜的，看来这幢房子彭太太可能真正动心了。这已是第 30 幢啦！如果能成我也为她高兴。

在回来的路上彭太太一直处在沉思之中，她忽然把车开到一处商店门前停下，匆匆忙忙一个人跑了进去，又跑了出来，一连进了三家商店，她终于买了一束鲜花拿上车来。鲜花用玻璃纸裹着，从外边可以看见那里面红玫瑰、郁金香、紫罗兰都有，这束花我估算起码得 15 美元。我不清楚她买这束花要送给什么亲友，一直到车又开回到原来售房人家，我还有些懵懂。

彭太太拉着我进去，把鲜花满腔热情地献给了病危的房主，并衷心祝愿他能战胜病魔，早日康复。

这大出房主之意外，他非常感动，一时间说不出话来了。

我对彭太太这一行动，也由衷钦佩。她能施爱于一陌生的贫困病人，其心难得。

谁知更出乎意料的是在我们走出来即将登车之际，那个病危的房主竟撵了出来。他对我们深深鞠躬，极其忏悔地说："十分对不起，我不是病危的癌症患者，这不过是出售有问题房屋的一种骗人的伎俩，请你们另寻其他房屋吧！"最后又加了一句："太太，一定请房屋专家看好再买。"

彭太太出了一身冷汗……

我则思绪起伏，激动不已。

砚

　　他有块松花石砚，是心上一件宝。

　　石砚砚身为浅绿、浑绿、暗绿和略带点白纹的四色交叠，有如行云流水，极为清秀雅致，且石质坚硬细腻，泼墨、蘸笔都给人一种柔润的感觉。有的朋友逗他说这是清朝皇室御用珍品，他当然知道这是玩笑，但虽非"御用珍品"也是一件不可多得的稀罕物儿。他请一位老木匠用红木给它做了一个砚盒，只放在桌子上供观赏，平时从不舍得使用。

　　可就是这块砚台，却偏偏被他们的处长相中了。处长从来没到他家串过门，自从有了这块砚台，他专门来看过三次，每次都又看、又摸、又敲，辨色、听声、揣摩石性，好似考古一样不断研究、观赏，赞叹不绝，爱不释手。特别是有一次竟然注水、研墨、熏笔……试验了半天，这使他心里突突直跳，他真怕处长拉下脸来，把这块砚台给揣走了。

　　他知道处长是个很有点雅兴的人，喜欢书法，也喜欢旧体诗词，常常舞文弄墨，吟吟写写，写写吟吟，虽不甚精，也有个半仙之体，市内此类活动他都不请自到。所以，对他这块砚台有如此之兴趣，也不是无因的。但尽管这样，他也不能轻易割爱。

有人劝他说："处长如此喜欢，还不赶快送给他。"

"凭啥？"

"你这呆子，有人想找这个机会还找不到呢！"

他摇摇头苦涩地一笑，他不想利用这个机会。

不久调整工资，妻子说：

"这回你把砚台送给处长吧！"

"我还没有掉价到那种程度！"

他一句话把妻子噎住了。

谁知怎么搞的，阴差阳错，全处 10 个人只有 3 人调资，竟有他一个！这时有好几个未调上的心存疑问，借个由子跑到他家来看这块砚台在不在，是不是送给处长了。他自己也有点疑心，老想这是不是处长有意给他点甜头，然后好对他这块砚台伸手。

有人又出来劝他说："处长待你这般好，还不赶快把这砚台送过去。"他愤然说："你们这是隔着门缝看人！"

时隔半载处长被提升为副局长，这时又有人出来劝他说：

"这回你小子把那块砚台送上去吧！以后有机会副局长准能拉你一把，封个科长当当还不容易……"

他看着劝说的人良久，摇摇头，叹口气，没吱一声。

劝说的人见不对头，便蔫退了，从此不再提这事。

1957 年"反右"时，副局长因为一首打油诗出了问题，扯到政治上来，被定为"右派分子"，撤销职务，开除党籍，调到一个小镇上去边接受监督改造，边戴罪工作。于是，处里一些人都挑起大拇指说他有眼力，那时若把砚台送给处长，说不定现在还会受什么牵连。

副局长临走时当然没有人给送行，只带着妻子儿女凄然而去。待火车要开时，他气喘吁吁地跑来，把一个方方正正的纸包双手递给了副局长。他说：

"这块砚台您喜欢，很抱歉，过去没能送给您，今天请您带上它吧！"

副局长听了心中一惊一热，没有说出话来，火车便开走了。

后来副局长经过 20 余年的磨难，每天一有时间便揣摩古今之书法技艺，在这块松花砚前边勤习苦练，终成了书法大家。他每次在国内外举行书法展览、表演，都要带上这块松花石砚。此时砚心已凹陷下去许多，可更显得古朴高雅，砚盒红中透亮，油光闪闪，煞是喜人。许多行家看了都齐声说：

"好砚，好砚，有此好砚理当有此好字。"

哦，竟是这样称赞？这到底是赞人呢，还是赞砚呢？副局长听了心中不免又是一惊一热……引起了更多的思索。

邴科长的耳朵

邴科长长着一对大耳朵，都说这对耳朵精神，是个福相。

可不知是谁无意中发现，邴科长左耳朵怎么看都比右耳朵大一点。就那么一点点，究竟这一点有多少？因为没有用尺子量，谁也说不清楚。

这在科里就像哥伦布发现新大陆一样轰动，而且很快传到科外，惹得多少人碰到邴科长都要在他耳朵上多看几眼。

最后，大家一致认为，邴科长的左耳朵就是比右耳朵大了那么一点点。为什么大呢？这就不免引起诸多猜想。

有的说这是娘肚子里带来的。

有人说哪有这等奇闻！胎儿在娘肚子里，吸收母体的营养，没有外部干扰，都是均匀、对等地发育，哪能如此？

有的说是接生婆给拽的。

有人便说这更是胡扯！胎儿无论先出头，还是先出腿，接生婆都不可能单拽着一只刚成形的小耳朵，哪能有这样的事？

有的说这两点站不住脚，那就是小时妈妈管得严，给提溜的。

有的说或许是家里养了个母夜叉，叫老婆给掀的呢！

……

一时间大家七嘴八舌，胡猜乱想，使这个单位办公人员在泡上一杯清茶之后，又有了个闲磕牙的新话题。不过，究竟为什么如此，始终也没有人能说出个子丑寅卯，都还在五里雾中。

所谓天下事怕就怕认真二字，不承想有个年轻办事员对此较起真来，他除多方探询外，还跑到医院去查看了郯科长的病历档案，终于摸到谜底。这天，闲着无聊，人们又往一块儿扎堆。他看时机不错，便凑了过去，俨然要开新闻发布会一般。他说："大家再猜猜郯科长的耳朵左大右小究竟为啥？"他成竹在胸，有意要吊吊大家的胃口。

"啥？"

"真是没有调查就没有发言权，咱们差一点给人家错贴了标签！"年轻办事员不无几分深沉地说。

"咋……你别卖关子了。大家都急啦，你拿个晃铃捧着不摇，直斗啥劲！"

"原来人家郯科长自小右耳失聪，一切声音全从左耳进去，左耳总是支着，所以……"

大家这才豁然开朗，从此以后再同郯科长说话、办事便都一律靠左边。

猎　狐

草原。晚秋的草原，一片浅淡的金黄。

他扎上弹带，背上双管猎枪和军用水壶，在衣兜里揣了两个馒头。把门上的暗锁锁好，又加了一把明锁。

大草原的新鲜干草味，一股打鼻子的馨香。没有一丝云，头上的太阳仿佛离得很近，暖烘烘的。无阻无挡的清风吹过来，虽有几分凉意，却使人感到清爽惬意。

啊！舒服极了。他锁好了车，摘下枪，真想躺下来休息一会儿。不过，他还得往前走，而且要警觉地注视着四周的动静。已经上好子弹的枪，就在手里端着……他决定利用这个星期天打两只狐狸回去。他要让人看看，他不是孬种，他这支 290 多元钱的猎枪也不是白买的。

至于她吗？就由她去吧！她愿意怎么办就怎么办。她离开他的这个家，到今天正好一星期了。也许想趁这次吵架治治他，他怕这个吗?! 男子汉大丈夫在老婆面前竖不起一根棍，那还有什么出息！

她要治他？好，他还要治她呢！如果今天她回来，门上新加的那把锁头就足够给她点颜色看看，让她在门口蹲半天再说。再弄不好，他要收拾收拾她，这女人也有点贱皮子……

草越来越高，有的地方需要他用枪拨着草往前走。他的裤子挂满了蒺藜、苍耳子等带刺的草籽。在没有路的草原上往前走，也不是轻松的。他坐下来喝口水，喘喘气。为了躲开太阳，进行隐蔽，他选择了一块蒿草深密的土岗，从草丛的缝隙端着枪往外观察。

大草原是这样的宁静，除了在微风中干草摩擦声外，一点其他声音也听不到，真静极了！他索性趴下来，翘起头在听着、看着……

好啦，太好啦！100米处两只狐狸从土岗下面草浅处向他走来了。它们跟干草几乎是一个颜色，如果不是他1.5的视力，是很难辨别清楚的。这使他周身的细胞都进入了兴奋的状态。他在这大草原上溜过很多次，从来没有在这么近的距离遇到过狐狸，看来他的机遇是来了。

他的枪口慢慢瞄准过去，手微微地颤抖着，这可能是过于兴奋的缘故。

为了打狐狸，他的弹壳里，装满了大粒的铅沙。不过，也要等靠近些，四五十米那才是最佳射程。不然狐狸受了伤跑掉，他没有猎犬，在这大草原上是很难找到的。

出乎意料，这两只狐狸走得非常缓慢，而且边走边互相凝视、亲嘴，比成对的鸽子还显得亲热。一看就知道这是一公一母，一对恩爱夫妻。他头一次见到动物间这样亲昵的情形，不免有一点惊疑和好奇。

90米，80米，一点一点走近了，可他的手也更加颤抖了。突然就在七八十米左右那丛小树毛子处，它们停下来，除了亲嘴外，又用爪子互相搂着脖子。经过这番热烈的亲昵之后，一只走了，一只还站在那里不动，走的一步一回头，不时往回看。走出了不到20米又跑了回来，它们再次热烈地亲昵了一番，于是又分开，各自向不同的方向走去，但仍难分难舍，不住互相回头看着。大约走出去20米，又突然同时跑回来，嘴吻嘴，腿搭在脖子上，在一起亲昵了起来。经过这又一番热烈的亲昵之后，它们才分开走去，还是一步一回头，直到看不见，最后各自飞快跑掉……

他完全看呆了，不知不觉中被狐狸这种恩爱的情形感染了，他也不知道什么时候，手中的枪已放在了地上。

狐狸走后，他慢慢地站了起来。他突然感觉自己已有些孤寂和惆怅。他决定快一点回家去，他不知道妻子回来了没有，他得赶快去把那把后加的锁头打开……

樱 桃

梅林很娇小、秀气。嘴自然不大。嘴角右上方长了个小黑痣，像在白玉上嵌了块黑宝石，跟粉面、红唇相配，别具风韵。这很惹人注意，谁见了都要盯几眼。

老舒跟她坐对面桌办公，成天看着她。一年 365 天，一天 8 小时总也未看够。看着看着他便产生了要吻一下的欲望，这个欲望一产生看得就更加频繁了。梅林是个机灵的女孩子，对这种事非常乖觉，她自然也觉察到了几分。可他们都埋在心里。

一天，他忍不住说："梅林，你的痣长得很美，是个天然的装饰。"

"是吗？谢谢你。我和上帝是亲戚。"梅林这女孩带有几分调皮地说。

"梅林，你的嘴长得也很美，像……"

梅林等着他说完，他却没有说出来。梅林便追问："像什么？"

"像颗鲜嫩的红樱桃。"他脸一红说。

"哈哈，什么时候我们老舒成了古典作家。"梅林可是个解放型的女孩，大方得很，她随后竟又挑逗地问他："你想吃吗？"

"不敢，不敢。"这使他吓了一跳，他的脸更红了。他是个结了婚的男子，而且人近中年，梅林还是个大姑娘呢。中国人亲吻不像洋人那么随便，他不敢轻举妄动。

后来他俩成了要好的同事，他更有了要亲吻一下那张小嘴的念头，而且梅林似乎也不断提供了这种可能。可他顾虑重重，既想吃又怕被烫着……于是，终未敢轻越雷池一步，到手的机会也就随着时光流逝了。

后来梅林结了婚，他还没有放弃要亲吻她一下的愿望。不过，这时想得更多，负担更重，勇气也就更小了。

后来梅林又离了婚，精神不好，他就像兄长一样宽慰她，她有许多心中的积郁也都向他诉说。他多次止不住产生要亲吻她一下的欲望。但这时他又有了新的顾虑，这样干是不是有点乘人之危呢？唉，谁也说不清他这身上有多少根古老的神经。

后来在一次车祸中他负了重伤。临危的时刻她来看他。她非常悲痛，泪眼模糊地贴着他耳朵轻声问：

"想吃樱桃吗？"

他浑身一震，赶快瞅瞅周围那么多双眼睛。他不知她的话有没有被人听见，别人明白不？他有些慌乱，他想她是在他临死前还愿来了，可越这样他越不安，难道他还能死后留下个污点？难道他还能让她在人们的唾沫中淹死？他不能……他是个中国人，他不是个洋人！

但她真的拿出来一袋像李子一般大的樱桃，隔着塑料袋也可看到它是那样晶莹、鲜美。她说这是进口洋樱桃。

这完全出乎他的意料，他不由一惊一喜。

可就在这一瞬之间，她旁若无人，把她的小嘴、那带着一颗黑痣的小嘴，轻轻地对着他嘴唇亲吻了一下。他顿感一阵欢乐和幸福，但随即又像被雷击一样的惊恐和不安起来……

敲 木 头

这片居住一百多户的公寓中间有个邮亭。女儿、女婿一早上班午间不回来，邮亭中信箱里的信件、报纸等，每天就由我去取。取信时经常碰到同院的一个老头子，他腰僵了，背也弓了，拉着一个手杖颤颤抖抖地来取信。白人的年龄不太好看，我估量着他起码比我大十来岁，有八十多了。他行动迟缓，步履蹒跚，距离不远，却走走停停，常往人家泊着的汽车上靠一会儿再走。这可能是要晒晒太阳，也可能是要喘息喘息。

我们碰见时，他总点点头说一声："嗨！"这是"哈啰"（Hello）的简化。然后不管你听不听，便要叨叨咕咕地啰唆一阵子。我过去学过点英语，五十年来风风雨雨的生活使这点英语都就饭吃了，现在几乎一句也听不懂。他这样子使我很尴尬，不知如何是好。但每次见面他总如此，我也就习以为常了，不管他说什么总是颔首致意，表示恭听。

一天，下雨路滑，他在一个慢坡上打了个趔趄，我赶忙过去扶住了他，并一直送他到家门口。见他打开门，我便说了声

"Bye-bye"，他却非拉着我进屋不可，这在美国可是很少见的，有的长年一个楼上住着，也不互相串门的，这老家伙准是吃错了药。我不好推辞，只得跟着进去。

他的屋子是一厅、一厨、两个卧室、两个卫生间。室内满铺着地毯，虽然有点凌乱，也还干净。厅很大，一头摆着沙发、电视机、录像机和组合音响等，一头摆着一张条案，上有一台打字机和几本书，案边却堆了很高一摞子旧挂历，我看足有几十本。嘿！这老家伙把过去的岁月都留在这儿了。

他见我进来十分高兴，一再让我坐下，随后到厨房的冰箱里拿出几样饮料和一罐啤酒，都摆在我的面前，让我自由选取。接着又取来一块巧克力蛋糕，两副刀叉，请我吃。我没有美国人那种吃零食的习惯，既不想吃，又不想喝。他便又拿出来一盘葡萄、橘子、桃子、李子等水果，非请我吃不可。我只好拣几粒葡萄吃。

他的话越说越多起来，说着说着就打破了人际交往的常规，像对待老朋友似的把我拉起来到他的卧室里去。我想这老家伙可能有点疯了，一向讲究隐私的美国人哪有这样干的？

他的卧室有一张宽大古雅的双人床，床头两边是配套的床头柜，床对面是梳妆台、卫生间和壁橱。周围乳白色墙壁上，则挂满了一个女人从青年到老年的各种照片，也有相当一部分是他们二人的合影，其中还有他们带着孩子的……不用说这就是不在了的女主人。看来他让我进卧室的目的就是让我看这些照片，看看他的欢乐和幸福，也看看他的思念和痛苦。他边指着边说，不免有点黯然神伤，声音也就越来越小了。

随后他又领我看了第二间卧室，这与第一间结构大致相同。他拿出一张照片来给我看，那上边是一对青年男女，男的跟他们带的孩子很相似，我明白了那可能是他的儿子和儿媳。这间房子是给他们偶尔来住一次准备的，也许一两年才有那么一次，可对这老家伙来讲也许是难得的慰藉。一看到这里我不由产生了一种惆怅的思绪。

大概平时无人来，今天拉来我这么一个老家伙客人，有些兴奋和激动。他明知我听不懂，可就当我听得懂那么说，而且说得有滋有味，像对老朋友倾诉一样，我也就只好装作听得懂的样子听下去。说真话，听得我直难过，很想哭！

他把那罐啤酒打开，给我倒了一杯，给自己也倒了一杯。我按照中国的习惯跟他碰了一下杯子，然后一口喝了下去。

他竟像个孩子似的乐了，一下子从壁炉旁抓起了两块劈柴来。我不由一愣，心中有点发蒙，不知他要干什么。只见他拿着劈柴有节奏地敲击起来，而且浑身晃动着，边敲边唱，我闹不清这是一种什么表示，颇为惊异地观察着。他越敲脸色越红润，眼睛越明亮，手脚越灵活，连声音都激越起来了……这老家伙仿佛换了一个人，想不到他这般年纪还如此活泼、如此激情。

晚间我问女儿他敲木头是什么意思，她说这可能是美国某个民族的一种习惯，感到特别高兴了就敲木头。那是他平时过于孤寂，今天抓住了你这样一个年龄相近的人，心中无比痛快的表示。

过几天我同老妻去外地一个月，回来后很想见见这个老人，每次取信时都注意寻找他，就是见不到。后来问女儿，才知这老人不久前到邮亭取信时，从石阶上摔了下去，便再没有起来。我听了心里咯噔一下，一阵悲凉，差点落下泪来。他敲木头的样子就似个幽灵，常常走入我这衰弱的神经，驱之不散，挥之不去。唉，这颗孤寂的灵魂啊！

特级模范教师

千不该万不该，到这鬼地方来看什么复式教学。县教育局这位女局长有些后悔了。

眼前一道平时只踩着石头就可过的小溪，不知什么时候涨了水，不深不浅刚好把几块踩着过河的大石头给漫过了。

陪同的乡教育助理，也是个女的，又正赶上来例假。这该死的小溪涨水也不看个时候，闹得她们进退为难，欲进得蹚水，欲退又已到了村口……

幸好这时她们要看的复式教学跛教员很懂事，已迎过河来："来吧！我背你们过去。"

局长同跛教员握握手，只手指头搭搭边，一看跛教员那手指甲很长，里边带着黑泥，便赶紧松开了。她仔细看看这跛教员，三十多岁，面黄肌瘦，一身灰制服皱皱巴巴，好像刚从箱子里掏出来的。左腿短一点，有点点脚，走起路来一歪一歪的。光着两只脚，沾满了泥水。让他背，她有些踌躇，他会不会把自己摔在水里？她这略微发胖的身体，细皮嫩肉的，摔一下子准不轻。再说趴在他的身上似乎也有点那个……可不让他背，这五月北方的溪水还扎骨凉……

都怪下边把这跛教员说神了，一个班上同时教三个年级，学生成绩、纪律又如何好……

都怪自己耳朵软，弄到这儿来受罪。

教育助理似乎看出来局长的心思，她说："没问题，他经常背学生，这也是他先进事迹中很重要的一条。"

局长说："那么你先过吧！"她想：背个大人可跟背个学生不一样，她得看看。

没费多大劲，跛教员把教育助理背了过去。

局长忸忸怩怩趴在跛教员身上。跛教员立刻感到一股味，肉香？粉香？说不好。局长则闻到一股打鼻子的汗臭味，她不由皱起眉头来，筋筋着鼻子，强忍着恶心。

进村到了一间平房前，二十多个高矮不齐的学生，都痴呆呆地在那里列队等着呢。局长心里又一阵翻腾，这也算个学校？

局长、教育助理被让到跛教员家里休息。一间草房黑咕隆咚，女人孩子一铺土炕。女人用衣襟擦碗给倒碗开水，局长未敢动。教育助理连忙把那碗水拿起来摇晃了半天，然后倒掉了，又重给局长倒了一碗，局长依然未动。跛教员吩咐女人赶紧杀鸡做饭，局长忙着制止，教育助理也说不用做，局长回乡里去吃。

就听了一堂课，局长的屁股在巴掌宽的长条凳上早硌痛了。尽管跛教员教得很认真，学生学得很认真，跛教员有些精彩的讲授和安排，把二十多个不同年级的学生都调动了起来，却没有把局长的注意力从对长条凳的诅咒上吸引过来。

可局长往那儿一坐，跛教员就受宠若惊、感激涕零了。他觉得这是一种殊荣，一直到送走局长后，他还长时间处于一种充满荣耀感的兴奋状态。

年终县里评选模范教师，乡里把他报了上去，并且去开会的教育助理还特意跟局长提了提。不过，局长一想到那次下乡听课就很不舒服，那讨厌的溪水，那带黑泥的长指甲，那腥咸的汗臭味，那脏衣襟擦过的喝水碗，那硌痛屁股的长条凳……

局长说中小学教员拔尖人多，县里有些有头有脸的老师都摆不平，让他好好干，下次再说吧！

教育助理把这话捎给跛教员，他很受鼓舞，连说："那是，那是……"

下次他依然没有被评上，他想自己总有不够的地方，特别是跟县里那些资深望重的老教师比，自己还上不得台面，便更加努力。

这年小溪涨水，跛教员背学生，不慎摔倒在水里，腿瘸得更厉害，就拄着拐杖上课。村民感到不平，怎么对这么好的老师连个模范都不给？找到教育助理，教育助理也很是同情，说等年底评选时再争取争取。

到了年底跛教员已病倒了，病得很重。教育助理从县里参加表扬模范教师大会回来，敲锣打鼓捧着一张"特级模范教师"的奖状，来到了跛教员家。村民们也很高兴，他终于得到他该得到的荣誉。跛教员于朦朦胧胧中看了一眼，面色一阵晕红，嘴角上绽出个欣慰的笑容，随即很安详地闭上了眼睛，再也没有睁开……

教育助理顿时号啕大哭，把那奖状一下子摔在了地上。众人一愣，捡起来看时，那奖状上连个红印巴巴都没有。

野 玫 瑰

在 A 市居住时，一到春天总要携妻带子，到北山上去采野玫瑰。这里长了半山野玫瑰，红、黄两色，争芳斗艳，真是香飘大地，色入云天，甚是引人入胜。许多人都到这里来采摘花瓣，带回去拌糖或拌蜜，做点心便是极好的馅儿。

一年，我同妻子商量说：

"咱们挖几株带回去，栽在庭院里不好吗？"

妻子平素爱花，对栽花当然一百个赞成。她说："好，让它换换地方变为家花吧！"

儿女们也都高兴，把它栽在庭院中，既可观赏，又可采花，也省得年年远征北山了。这一举多得有何不好？

于是，一齐动手，刀剜石挖，弄了十多株。带到家中赶紧埋下，并且施肥、浇水……心想这里土地肥沃，四面遮风，更兼全家人精心侍弄，细心培植，一定会比那贫瘠干旱无人照管的山坡上长的好得多。

全家人都期待它们落地生根，枝繁叶茂，鲜花盛开，满院芳香。谁知埋下后，它们不但没有扎根，反而日渐枯萎。尽管一再浇水，它们好似毫不吸收，照样叶落枝干，不久一株连一株死去。我一赌气把它们全部拔掉，扔到房后一个丘陵起伏的小山岗上去了。

第二年春天，我信步到房后的小山岗上去溜达。忽然眼前一亮，见几株野玫瑰枝叶新鲜，坐蕾开花，芳香袭人。我甚感愕疑，原来这里并没有野玫瑰呀。我蹲下身去，仔细一看，竟是我从庭院中拔下扔掉的野玫瑰，经过雨浇雪覆，却在这里扎下了根来。

我惊讶之余，赶紧领了妻子儿女们来看。妻子细心，皱着眉头，拨拉半天，说：

"你看，在这里也没有埋，它根子刚沾土就扎了下去……"

女儿说："这花就是贱皮子，娇惯不得。"

儿子说："还是山野里天地宽阔，吸引力大……"

弯弯的眼睛

她有一双美丽的眼睛，总是弯弯的。无论是笑还是不笑，令人看了都感到一种说不出的温馨和甜蜜。

都说眼睛是心灵的窗户，她这双眼睛就是她的灵魂。全身的一切器官、部位都被它带动起来，显得那么和谐和完美，整个人都跟着这双弯弯的眼睛漂亮起来。

好一双美丽的弯弯的眼睛！

他被这双弯弯的眼睛迷上了。

他跟她不在一个单位工作，却总在上班、下班、逛街、办事的时候找各种机会去看她这双弯弯的眼睛。他太喜欢这双弯弯的眼睛了，一天看不到就连饭都懒得吃……

一天，他拿着照相机藏在路旁，在她过路同人说话时，他从几个不同的角度偷偷地拍下了这双弯弯的眼睛。洗印出来后他放在抽屉里，经常拿出来玩赏，每看一次就得到一种心理上的满足和慰藉。

这时，有位摄影协会的朋友来他这儿串门，看到了他照的这几幅弯弯的眼睛的照片很是欣赏、称赞。

"太美了！这双弯弯的眼睛，把人带进了一个无限遐思和甜蜜的世界。"

临走时他选了一幅，题为《甜蜜的世界》，发在了一家画报上。

他大着胆子把这本画报给她寄了去，她找上门来兴师问罪。

"你为什么拍了我的照片，并登在了画报上？"

他很紧张、很惶恐，低着头连连道歉，不知说啥是好。可抬头一看，她那双眼睛还是弯弯的，饱含着的仍然是友好和甜蜜。于是，他稳住了神看她说：

"我太喜欢你这双弯弯的眼睛了。"

她没有恼怒，眼睛更弯了。

这张照片成为一个美好的契机，后来他们相爱了，成了夫妻。这双弯弯的眼睛属于他了，他可以守在身旁整日领受它的温馨和甜蜜了。

结婚时他把那幅弯弯的眼睛的照片放大了，挂在他们的新房里。他为得到这双弯弯的眼睛而骄傲、而自豪。

他从此有了一个美满愉快的小家庭。这双弯弯的眼睛对他总是充满着温情、笑意，充满着恩爱和甜蜜。即使他们日常生活中发生了一点矛盾，有些磕磕碰碰时，她那双眼睛也是弯弯的，弯得你连气都没法生起来……

他生活在一个甜蜜的世界里。

她为他先后生了一男一女。两个孩子都有着她的遗传基因，一双眼睛都像她一样弯弯的，弯得那么好看，弯得那么喜人。

这当然更增添了他们家庭的欢乐，也巩固了他们的情爱。但是，随着岁月的流逝、生活的变化，他渐渐感到甜得有点腻了；再加上不知什么时候社会上兴起了婚外恋，有些人都在寻求第二性伴侣。他是个搞文艺工作的，自然接受新潮思想较快，不久就对有些够得着的妖媚女子，产生了非分之想。这天，他们睡下后他忽然搂着她，用开玩笑的口吻试探着对她说：

"我要有个情妇，你不会生气吧？"

"你不会那样做的。"她温柔地说。

他看看她的眼睛，还是弯弯的。

隔了些天，他又进一步对她说：

"我已有了个小情妇。"

"这不会是真的。"她仍温柔地说。

他又看看她的眼睛，依然是弯弯的。

后来他果然和一个"解放型"的姑娘热恋起来，他住在姑娘那里像新婚一样快乐，完全忘记了他的弯弯的眼睛，忘记了由弯弯的眼睛和他组成的家……

她知道后把他找了回来。他看看她的眼睛还是弯弯的，只是流下了眼泪。

那真是一双善良而宽厚的眼睛。

没有多久他又到姑娘那里去了，她便又把他找了回来。他看看她的眼睛还是弯弯的，只是眼泪更多了……

那是一双多么能够容忍而承受痛苦的眼睛。

可他并没有从此回心转意。他再到姑娘那里去时，她没有去找他。当他回来时，他顿感屋子里空气很冷很冷。他一看她的眼睛不由吃了一惊：她的眼睛直了，像剑一样，没有一点泪花。他看看儿子的眼睛也和她一样，直了，不再弯弯的啦！看看女儿的眼睛也和她一样，直了，不再弯弯的啦！他有点惊慌、发毛，不禁在他们面前战栗起来，畏缩地朝后退了一步。正好这时一抬头看到了挂在墙上的他那幅《甜蜜的世界》。啊！在那里她那双天天看着他的弯弯的眼睛，怎么也跟眼前她的眼睛一样，直了起来?!

朱老大参军

柳树屯民兵连长朱老大，长绝了！牤牛的眼睛，熊瞎子腰，柳树毛子的胡子，磨盘脸，往那儿一站，黑不溜秋像座塔。"傻""大""黑""粗"四个字，算叫他占全啦！

他两眼墨黑，斗大字不识几个。打16岁扛活，一扛就是十几年。年过28岁，还未混上个媳妇，净在伙计房里过打光棍的日子了。

可扛枪杆子倒真是块料，"三八大盖"一拿老远就把人震了。自打土改工作队一来，成立了民兵连，他朱老大竟然挂了个"长"字。生活变了样，长绝了的朱老大，也让人眼热起来，神不知鬼不觉地从天上掉下个小媳妇。

这小媳妇生得极俊，水水灵灵，娇娇嫩嫩，活似一朵花儿，也算长绝了！朱老大的祖坟上这回算冒了青烟，美得他都有点发晕啦！

对这小媳妇他像得了个宝似的，捧在手里怕捏着，含在嘴里怕化了，一天都不知该供哪儿才好了！

　　小媳妇对朱老大这个比他大十来岁的丑男人，倒也不嫌恶，给他洗衣、做饭，一心跟他过日子，只是常揪着他的柳树毛子胡子说：

　　"你这玩意怪扎人的，亲人时轻着点。"

　　土改时村里的民兵连长，可是个重要角色，斗地主、起浮财、防奸抓特、保卫村子……阵阵都落不下。可自从有了这个小媳妇，他的心就三分在工作上，七分在小媳妇身上了。他这条牤牛似的汉子，现在开会时出神，走路过个垄台都能摔跟头。在农会里办事，上茅坑的工夫还顺着尿道去看看小媳妇。

　　"朱老大，干脆把你小媳妇拴在裤腰带上吧。"

　　朱老大笑笑，不红不白地说："打了这么多年光棍子，刚摸着个媳妇还不得让俺稀罕个够！"

　　分了土地后春天扩兵，动员青年人参军，那时年龄放得宽，朱老大也包括在内。他是民兵连长，大家都看他的。他别的都不怕，就是恋着小媳妇。他们结婚不久，嘴里那块糖还没化完，正是摽得紧的时候。区里来人说破了嘴，他朱老大就是低着头不吭声。有人指着鼻子，他把头一歪，没辙了。朱老大这个媳妇迷是带不了头啦！可其他小青年又有意攀着朱老大不放，一连憋了三天，到了第四天头上，朱老大的小媳妇匆匆忙忙地闯进来说：

　　"朱老大不开口，我给他报个名。"

　　那时参军是提倡妻子送丈夫的。

　　朱老大回家搂着小媳妇问："我走了，你不想我吗？"

　　"不想。"小媳妇把脸背过去。

半夜里朱老大醒来，忽闻小媳妇在抽泣。他一惊非同小可，忙转过身去问：

"咋啦？"

"没咋。"

他摸摸，她的脸上是湿的。他说：

"明天我把名字撤了。"

"你敢！"小媳妇马上翻了脸。

朱老大一带头，全村二十多人报了名。

入伍那天戴上了大红花，临走前朱老大又搂着小媳妇问："我要走了。你想我不？"

"不想。"小媳妇把这两个字咬得像村头那口大钟一样清。

越是这样朱老大越放心不下，到了新兵营第七天，实在熬不住，他半夜里跑回了家。

"我太想你了。"

"我可不想你。"小媳妇咬着牙说。

他刚要上炕钻进小媳妇的被窝，小媳妇一个耳光子抽在他的脸上。

"你也算个男子汉！"说着小媳妇号啕大哭起来，"你不要脸，我还要脸呢。你要把全村的脸都丢光了！"然后揪着他的耳朵，连夜给送回了新兵营。

从此，小媳妇受了表扬，可村里却出了闲言。有些嚼舌头的女人说小媳妇嫌朱老大丑，有了异心。甚至有的干部睡不好觉，也跟着胡猜乱想。大家的眼睛盯着小媳妇，一晃两年多倒也未看出什么破绽来。只是小媳妇越来越瘦，人也不像先前那么水灵了。

朱老大不会写信，仗又打得紧，交通又不方便，邮政局多半关了门。他求别人给小媳妇写一封平安家信，在手里一直攥了两年，攥到了海南岛上也未发回来。

一天，又是半夜时分，朱老大肩背手拎，行囊累累地回到了家。

一开门小媳妇吃了一惊！"天啊！你回来了?!"随后看着挂满了奖章的朱老大，一下子就晕在了他的身上。待苏醒后用拳头狠狠地在他身上捶打：

"你这死人！这两年多你怎么不跑回来一趟啊？"

"我敢吗？"朱老大说，"你还不得揪着耳朵往回送呀！"

"你这傻瓜！你就是开小差回来我也不放你啦！"

"怎么，想我了？"

"你这坏蛋，还问啥?! 我都要想死啦！"说着说着小媳妇痛心地哭了起来。

朱老大把她抱到炕上。他一眼看到那黄榆木的炕沿上，都叫她捶了一个坑……

最后一句话

老祖宗临终前，最后一句遗言只有两个字 :"谨慎。"这作为处世做人之道，倒没有什么不对，只是这两个字一引申就变成"谨小慎微"了。

"今天天气，哈哈……"

"今天天气，哈哈……"

走路总怕树叶掉下来碰着脑袋，逢人连句心里话都不敢说，真窝囊个透! 子女们都有点瞧不起，这块一辈子让人捏巴的老橡皮泥，周身连块骨头都没有!

现在，他要死了，按祖上的规矩，他也要留一句话给后人。留什么? 儿孙们都等待着，猜想着。他始终没有开口，大概不到最后时刻不能说。

这天，看看实在没有延续生命的希望了，便把子女都召集到跟前，他要对他们说最后一句话了。子女们都围拢过来，诚惶诚恐，很认真地等待听他最后的遗嘱。

看着恭恭敬敬伫立在身边的子女们，他的心情突然沉痛起来,他的路就要走完了,他就要跟他们分手了!一滴浑浊的泪水,从他那干枯的眼睛里流了出来。

子女们自然也随着悲伤起来,都弓身唏嘘着站在那里,等待着他最后的一句话。

"人之将死,其言也善"。子女们都想爸爸即将解脱一切人生的束缚,彻底自由了,还有什么不敢说、不敢做的呢?!这最后一句话,一定是他一生中最解放、最自由、最金贵的了。于是,他们都屏息敛气地等待着。他张开嘴,嘴唇翕动着要说话了,可嗓子里一口痰竟堵在了那里,他吐不出来,咽不下去,他那没有血色的脸都憋得要红了。

这可怎么办?请医生来用吸痰器吸,可医生说不行了,他的生命已到最后时刻,只剩下微微一点小火苗,稍一触动,都可能加速他的死亡,可能未等吸出痰来,他就停止了呼吸。

但是,他这最后一句话不说出来,好像还闭不上眼睛。干脆,由子女们来猜测他的意思,写在纸板上,请他看了用面部可能使用的表情来表个态,就作为他最后的遗言吧!

小女儿是个大学生,思想解放,办事痛快,平素在家中也敢说敢讲。她抢先在纸板上写了:"自由生活,不做人间囚徒。"举着给他看,他显得很紧张,用呆滞的眼睛瞪着小女儿,这太放肆了!

二儿子是个搞政治的,自喻为走钢丝绳者。他也未及细想,不知从哪儿捡了一句七言诗写上了:"偷个机灵好做人!"

他看了,眉头高蹙,满脸不悦,怎么这样说话呢!

大儿子是个当教员的,看了前边情形,熟思良久,一笔一画,恭恭敬敬写上："遵先人的遗训做人，踩您的脚印走路。"端端正正地举在了他的眼前。

他看了，先似一惊，后似一喜，可又似几分苦楚、几分疑虑，带着满脸犹豫不定的表情，深深地闭上了眼睛，仿佛陷入沉思之中。

子女们都迷惘地看着、等着。不过，他再也没有睁开眼睛……

寻　找

父亲进了火葬场，大儿子、二儿子都跟着来炼尸。

"师傅，您辛苦了，请抽支烟。"大儿子对火化场工人点头哈腰，甜甜地称师傅、道辛苦，掏出来一盒"大中华"，弹出来一支敬过去，随后带点乞求的口吻说："请师傅费点心，骨灰全给撮出来。我们……给师傅添麻烦了。"

"是啊，请师傅费点心，骨灰全给撮出来。"二儿子也这样说。

哥哥看了弟弟一眼，心想这书呆子不呆了，他也惦上了那个……这可就要看谁有运气了。

爸爸这老东西真不够意思，一蹬腿走了，啥也没留下。3万多元的存款一股脑儿全部赠给了家乡小学。临死临死，还出了这么个风头！

哼！老正统，老迂腐，老顽固！这20世纪80年代的生活气息，他一点也没呼吸进去。不是弟弟在场，他真想打心眼里骂出来。

若留下来3万元存款，他何必跟弟弟来这炼人炉前翻骨灰呢！

家中的家具都是老掉牙的了，那 20 世纪 50 年代磨没了魂的桌子、柜子、板床……谁稀罕！上了破烂市，也值不了几块钱。就是进入 20 世纪 80 年代添置的电冰箱、电视机也都是国产货，已使了多年，功能不稳，快要报销了。

爸爸病重后，他想来想去，只有他嘴里那颗金牙还值几个钱，据说是纯金的。当时给他镶牙时，他还百般不干，是母亲强着给他镶上的，说他在战争中为人民流过血，镶颗金牙也不为过。可他为那颗金牙，见了人都不知少张了多少次嘴。这老东西就这么古板，你有啥法！

肉和骨头是可以烧成灰的，那颗金牙总不能烧掉吧？现在拣出来，起码能换 20 多张"大团结"。

唉，这就算继承这老东西的一点遗产吧！

在火葬工人撮出的骨灰里，他和弟弟都认真地、仔细地、一点一点地在翻找。他们找得满头是汗却未找到。

"师傅，请您把骨灰底再给清一清。"哥哥说。

"你们这是要干啥呀？连别人的骨灰底子都给你们撮出来了。"火葬工人不解地说。

他忙把那盒"大中华"全递过去，再次乞求地说："师傅，让您辛苦了，您看炉底下有漏下的，也帮给撮一撮……"

他不知是自己没有找细，还是掉在炉腔里未撮出来。那么小的一件东西，真难说，他的心不免有些紧张起来。

"它太小了。"他自言自语地说。

"是的，它太小了……"弟弟也跟着说。

他们两人一点一点地拨拉着骨灰，很怕漏下了。腰疼了，腿酸了，眼睛冒金星了……

"啊，找到了，找到了！"弟弟十分惊喜地叫道。

他忙扑过去，怎么让这呆子得到了？

弟弟感情激动而又深沉地站在那里，他像自语，又像对哥哥说："爸爸他……在这个世界上，能拿出去的，都拿出去了……这是他留下来的唯一的财富了……"

"这得咱们平分，这得咱们……"哥哥说着伸手夺了过去。

但是，当他抢到手里以后，他愣住了。它不是爸爸那颗金牙，而是一块弹片，是战争年代留在他身上的那块弹片呀！

东山狼西山狼

　　也许因为狼与人生活得最近，又斗得很凶，所以，人们就总爱讲狼的故事。真也罢，假也罢，小时狼的故事我装满了一脑袋。可世事沧桑谁还去记那些为人生岁月所淘汰了的东西？但有一个却至今还留在心上。

　　东边一座山，西边山一座，两山夹一沟，沟里住着个老赵头。老赵头领着一家人在这儿"安营扎寨"，开荒种地。怎奈东山两只狼，西山两只狼，常常下来滋扰，闹得他全家不安，鸡犬不宁，猪羊没少受祸害。

　　老赵头跟儿子下了决心，一定要把两山的狼治住，从狼嘴里把猪羊讨回来。他们父子俩拿着猎枪先上了东山，把东山搜个遍，连个狼影也未见，这狼白天藏着，夜晚才出来，不好打。他们便在有狼粪的小路上下了铁夹子，可狼老远就躲开绕着走，从未踩上过。老赵头知道狼鼻子太灵，就在雨天前于小路之外一些草棵子中间又下了几个夹子，而且在上边都栽上了小草。夹子下过后也总不去看，要等到几场雨过后，气味都消失了再去。

这天夜里老赵头突然听到东山上狼嚎，那声音很是凄楚。老赵头乐了，第二天一早，他领儿子上了东山。果然一只大狼的前爪子被夹住了还在那儿挣扎呢，另一只正在那儿刨土想帮它逃脱，一见他们便仓皇逃跑了。

"还我猪羊来！"老赵头狠狠一棒子把狼打死了。

从此东山再没有狼了，剩下那只孤狼也已远走啦。

除了东山狼，再除西山狼，老赵头打着他自己的算盘。有了东山的经验，父子俩不再费事便精心地下了铁夹子。

一场雨过去了，又一场雨过去了，差不多一个季节过去了，老赵头也未听到西山的狼嚎。怪了，怎总不上夹子呢？这天，实在憋不住了，他领着儿子悄悄摸上了西山。啊！怎么只夹住个狼爪子？老赵头拿起那个已晒干了的狼爪子，左看右看，越看越惊骇，这狼爪子不是挣断的，而是自己用牙齿一口一口咬下来的，直看得他毛骨悚然，心里震动异常，好个西山狼啊！他十分沉重地拍着儿子的肩说：

"咱们遇到了对手！"

以后再下套子、挖狼窖也都不管用了。

从此西山狼又生了一窝狼崽，一只三只爪的瘸狼，比哪只狼都凶狠、狡猾，它是西山的狼主。西山狼下来滋扰得更厉害了，闹得老赵头和儿子整夜端枪守着他们的猪羊和家禽……

西山狼未除，老赵头心病未去。西山有了个狼群，都是三只爪的后代。

老赵头临死时把那只狼爪子郑重其事地交给儿子说："儿

啊，你要把它悬在房梁上，让后人抬头就能看见它。"

　　这故事是爷爷给我讲的，讲时一脸沉重，就好像老赵头向他儿子交狼爪子似的。

登 山

他是个返乡军人。

儿子 15 岁了还未进过城。这天他要领儿子进城去看看。他问儿子是走弓弦，还是走弓背？

儿子一怔：啥？

走弓弦 40 里，羊肠小路，翻山越岭；走弓背 120 里，绕道出山去汽车站。

儿子初生牛犊不怕虎。他说："为什么 40 不走，走 120 呢？"于是，父子俩走弓弦。山里人不怕路窄，不怕山高，这是大山给予的磨炼。

但儿子终究还是儿子，他还是一只没长硬翅膀的小鹰。开始他走在爸爸的前边，像撒欢似的不时回头看看爸爸。待翻了两座山后，儿子就与爸爸拉平了，小脸通红挂满了汗珠。

爸爸问儿子："累不？"

儿子说："不累。"

可走着走着儿子就落在后边了，爸爸回回头，儿子就紧走几步。过一会儿又落下来，爸爸又回回头，儿子又紧走几步。

爸爸问儿子："累不？"

儿子不吱声了。

爸爸说："歇歇吧，咱喝口水，吃点干粮。"爸爸拿出来军用水壶和两张白面烙饼，父子俩便喝水、吃饼，给"机器"加油。

吃完他俩又往前走，儿子问："还有多远？"

爸爸说："走吧，没多远了。"

儿子疲惫地跟在爸爸身后走，身子越走越沉，脚步越迈越重，拉拉垮垮走过一道岭，未承想眼前又出现一座山，一眼望去好高好高。儿子说："爸呀，我走不动了。"

爸爸说："那么咱们就坐下来歇歇。"儿子躺下来枕在爸爸的腿上，爸爸抚摸着儿子的头说："爸给你讲个故事。"

当年解放战争在这儿打仗时，有个15岁的小司号员，部队进攻眼前这座山让他给吹冲锋号。他急行军到这儿，累得一点劲也没有了。一听吹冲锋号来了精神，马上躺在那儿朝天吹起来，在他的冲锋号声中部队冲上去了，他却动弹不得啦！后续部队一个营长过来："这小鬼怎么啦？"随即把他背了起来。他一边哭鼻子，一边拿拳头打营长："革命不能背着走！""好家伙，还挺厉害！"营长放下他给了他一把野葡萄，让他吃点，生津止渴长精神。他破涕为笑，这营长的一把野葡萄把他送到了山顶上……

儿子一下子坐了起来。"爸，这大山真有野葡萄吗？"

爸爸说："当然有。"

儿子向大山爬上去，四下寻找着野葡萄。野葡萄在哪儿呢？

"在上边。"爸爸说。

儿子向上爬去。又问："野葡萄在哪儿呢？"

还在上边。

儿子不知不觉已上到了半山腰，爸爸紧跟在后说："孩子，你看山顶不远了，到了那儿就看到咱要去的城啦！"

儿子生气地说："你拿野葡萄来！"

爸爸哈哈大笑说："野葡萄可能叫人摘光了，来，你听爸爸给你吹个冲锋号吧！"

嘀嗒，嘀嗒，嘀嘀嗒嗒……

琴 声

她躺在床上恹恹的，茶不思，饭不进。脸色苍白，目光无神，浑身一点力气也没有了。

生活对她是残酷的。三次高考未中，父母与亲人们没有一句责备，可那痛楚的目光和背后的唉声，比辱骂和鞭打还令她难以忍受，更主要的是她那个爱得死去活来、棒打不散的情人，竟在她难以承受的重压下，撤走了他那根生命攸关的支柱……

她彻底输了！在青春这盘棋上她已失去了一切。一夜间她成了卧床不起的病人。

这时任何劝勉和宽慰，都成了迟到的开心果。

她躺在那张伴随她成长的木床上，灰白色的墙壁尘封着死一般的沉寂。她那双深陷下去的大眼睛时睁时闭，大脑里充塞着人生的险峰、骇浪。她无力再走下去了，她太苦、太累啦！

她药石罔效，亲人绝望。

　　她在挨生命的最后时光。

　　不知从什么时候开始，一阵阵琴声像细微的水珠，自楼上喷洒下来。她一惊，难道楼上那位沉疴中的老音乐家又开始演奏了？他还能站立起来？他还能按动激越的琴键？

　　她不愿想了，不愿听了，她想排除干扰安安静静地走完她人生的里程。

　　可拨不开、躲不过的琴声，却如丝如雾地萦绕着她，萦绕着她。

　　渐渐地她有了乐感。

　　渐渐地她听懂了音乐的语言。

　　有时她感到东方破晓，百鸟噪林；有时她感到春回大地，草木竞发……琴声把她从听觉带到了视觉的境界，她看到了春天。

　　她弄不清这演奏的是什么乐曲。她只感到一个老音乐家正以他的心灵在呼唤她，以他的激情在感染她。

　　她看到一个从沉疴中站立起来的老音乐家在向她招手……

　　她感到了一种强烈的生命的激励。

　　她感到了饥饿，她需要一杯牛奶、一块面包。

　　她感到浑身又一点一点有了力量。

　　她不能毁灭自己，即使是在冰雪覆盖下的小草，也要挣出来找到自己的蓝天。

　　在老音乐家的琴声中，她终于站立起来了。她终于打开窗户迎接大地春光，融入了一个充满生机的世界……

　　老音乐家那激越而富有磁性的琴声还在向她倾洒。

　　这天，她决定去看看这位挽救了她生命的老音乐家。在她敲开老音乐家房门时，接待她的是个苍老的女人。女人一下子抱住了她，异常惊喜，也异常悲哀。她终于站立起来了，可老音乐家为她演奏完最后一支曲子，就永远倒下啦！

那双眼睛

50年前的北京，天灰蒙蒙的。

我和小冯到贝满女中去找一个从未谋面的女孩。一见面，我们都惊呆啦。她怎么会有这样一双眼睛？太迷人了！我见过许多女孩的眼睛，无论是丹凤眼，还是杏仁眼，无论是温柔的，还是炽热的，都没有一双能同它相比，它是那样乌黑、晶莹、纯净、柔润。常有人把女子的眼睛比作秋水、新月、宝石……那是把活的比死了，哪有它这般温情脉脉、楚楚动人呢！郭沫若无法形容"喀尔美罗姑娘"眼睛的美丽，我就更无法用言语来描绘面前这双眼睛，只觉得一见到它，连灰蒙蒙的天空都跟着明亮了起来。

她叫小洁，是贝满高三的学生，年龄跟我们接近。

她善良、聪敏，一看那双眼睛便知。虽然她总是静静的、默默的，但那双眼睛不断在向你传达心灵的语言。

一见之后，小冯便总放不下那双眼睛，说真的，就冲那双眼睛，他便深深地爱上了小洁。而那时我们正酝酿着逃出沦陷区，去参加抗日斗争。我对小冯说，且莫"儿女情长，英雄气短"。这话说起来冠冕堂皇，做起来谈何容易？那时我们正处于比"少年维特"稍长一点的年龄，何况小冯是个比"少年维特"还多几分"烦恼"的情种。

我们把她带着不行吗？小冯同我商量。

我说这不是去旅行，这是拎着脑袋去斗争，你不要太罗曼蒂克了。

走之前，小冯又同她有过多次接触，但我们的行动，他没敢向她透露，他知道这是玩命的事！

小冯一步三回头地跟我们离开了在日寇铁蹄践踏下的北京。在硝烟战火中，他依然还想着那双眼睛。他兜里有个记事本，一有空就在那上面画，画他心中的那双眼睛。他说就为了那双眼睛，他也要打败日本，他也要解放北京，他一定要找回来他心中的那双眼睛。我暗自惊讶那双眼睛竟有如此强大的力量！

小冯在战斗中异常英勇。但是，在一场战斗中，他不幸牺牲了。他那个记事本被打上了弹孔，染上了鲜血。我小心地把它珍藏起来。后来终于实现了小冯的心愿，我们的队伍开进了北京。我带着那个记事本到处寻找小洁，意外地从刚出狱的犯人中找到了她，她衣衫褴褛，伤痕累累，只是那双眼睛还炯炯有神，充满了期待与渴望。她激动地抱住了我这个八路哥。原来她和我们一样是抗日学生运动中的积极分子。只可惜当时，我们这对莽撞的青年，对她并不深知。

她急着问小冯在哪里。我无声地把小冯的记事本递给了她。她看到了她的眼睛，也看到了弹孔和血迹，便什么都明白了。

她那双闪亮的眼睛立刻暗淡下来。我不知后来小冯他们有多深的接触，但这一切看来对她是一个极其巨大的打击。她狠狠打了我两拳，然后才哭出声来。

我无限追悔，万分心痛，我不敢正视她那双饱含着幽怨和悲哀的眼睛。天悠悠，地悠悠，生活将用什么来平复她心上的这道伤痕？将用什么来安抚她那双美丽而迷人的眼睛？

鼾王娶妻

他，有名的鼾王。

十里八村都知道他睡觉时呼噜打得凶。人说能把房盖抬起来，这当然是夸张，可闹得同屋人睡不好觉，夏天里敞开窗户的四邻也不安，这是真的。人说不知根底的小偷要到他家偷东西，还未进院就给吓跑了，这事不好考察，不知是真是假。不过，老婆被他的鼾声赶跑了两个，这倒一点不假，在民政助理那里也有据可查。

鼾王也多次想治鼾，可一则害怕割开鼻子，在脑瓜门上动手术；二则他衣兜太瘪，掏不出那么大把票子来。

他三十郎当岁，不俊不丑，一身力气，干活也是把好手，就是姑娘见着都躲得老远的。

他形影孤单，孑然一身，耐不住这光棍子生活，到处托人找媳妇。怎奈他这鼾王早已窗户眼吹喇叭——名（鸣）声在外，没人敢嫁。于是，他便远征外乡，偏巧遇到了个离婚已久的女子，这女子与他年岁相当，相貌、身材也很般配。见到他是个粗壮有力、能干活的年轻汉子，已自满心喜欢上了。

这使他鼾王倒有些踌躇啦！他想跑这么远娶个老婆回去，若过上三天两夜便吹灯拔蜡，鸡飞蛋打，就划不来了。与其如此，莫不如把事挑明，必要时立个字据，你就冲我这鼾王来的，到时再想分手就由不得你了。

"我这人可有个毛病啊！"

"啥毛病？"女子轻声细语地问。

"睡觉时呼噜打得凶……"

"嘿，嘿，看你说的，这算啥毛病呀！"女子抿嘴笑了。

"我这呼噜打得可不一般，连窗户纸都震得直打颤颤。"这是他学别人的话。

"别吓唬我，震破了，咱们换玻璃的呗！"她说，"你这人呀，可真有意思。"

"那你不怕我影响你睡觉吗？"

"夫妻过日子还在乎这个吗?！"

他暗自高兴，怎遇到这样一个通情达理的好人？他说那咱们就立个字据吧！

女子说："好吧！想不到你这人办事还这般认真。"

他把她娶到家，亲友都夸他有本事，特别是除了结婚登记之外，还单独立了个字据，这招更高。鼾王也很得意，认为这是千里姻缘，命中注定，她这只进了鸡窝的凤凰再也不会飞啦！

洞房之夜，久旷新婚，夫妻着实温存一番，就都纳头睡下。可未等鼾王睡着，他耳边便响起雷鸣般的鼾声，这真如他说的窗户纸也都震得打颤颤了。他从未听过自己的鼾声，不知打呼噜果真竟有这般厉害！

这回该他睡不着觉了。

冬 天

剧场的台阶下边天天坐着个老太太，跟小女孩们一起卖瓜子。

老太太花白头发，一脸核桃纹，摸不准她有多大年龄，两只昏花的眼睛总紧盯着行人。她跟小女孩们在一起很不协调，也许正因为这，她从不吆喝，也不跟小女孩们凑到顾客前抢生意。只在你要买时，她才告诉你两角钱一杯子。

我经常打这里走过。一天，秋雨过后很凉，老太太还瑟瑟抖抖地在卖瓜子。我心里怦然一动，想这老人也怪可怜的。我平素不吃零嘴，对瓜子也没多大兴趣，但止不住过去买两杯子。老太太端端正正给舀了两杯。我看她那手有点颤。我掏出一把零钱数数就差一分钱，再就是 10 元钱的票子了。

我说："差一分。"

她说："不行。"

这老太太真抠。我说："那给你 10 元钱，你破吧！"

老太太数了半天，数了一大把零钱给我，有的钱很脏很破。

我很后悔，为这两杯瓜子，闹这么一把钱，这是干啥呢！

回到家我没敢对妻说，说了她一定数叨我。不过她吃了几粒瓜子说："这瓜子挺成，火候也恰到好处。"

见妻吃得喜欢，第二天打这儿过我一摸兜里零钱多，又到老太太那儿买了两杯瓜子。给了她钱后我走出有半里多地了，她气喘吁吁从后边追了上来，颤颤抖抖地给我一分钱，她说多给一分。我愣了半天，这老太太也太认真啦！

打这，我摸到了老太太的脾气，每次买瓜子时都把钱数得准准的。

这天，我把数好的钱刚递过去，手被老太太推了回来，她说你来晚了。

我说咋？她说刚才有两个进剧场的人要我给他们留四杯。

"那么，你把他的四杯称出来，剩下的卖给我吧！"

"剩下的是底子，怕不干净。"

"将就，妻还等着吃瓜子呢！"

"你将就我不将就。"

这老太太，几角钱的买卖真做个怪！

天一天比一天冷了，冬天终于带着小雪花来了。我见老太太披着一件破旧的棉衣还在那儿卖瓜子，就说："你这么大岁数了，这个天就在家歇歇吧！"

她打了个唉声，没说话。我说："你没有儿女吗？"老太太沉默了一阵子说："我有劳保，不用他们养活。"

"那……"

"我欠儿子债呀！"她见我未听明白，接着说，"他娶媳妇我答应给买台彩电，还差 2000 块……"

　　我浑身一阵战栗。

　　一股北风挟着雪粒刮过来，她不知说完未说完，便大声咳嗽起来……

药 壶

　　她刚过门，婆婆就交给她一只药壶。药壶乌黑乌黑的，烟熏火燎已改变了它的本色。

　　"用它给娘熬药。"婆婆很温和地说。

　　她不明白婆婆得了什么病，多重的病，总之每天要吃三遍中草药，像吃饭一样少不了。

　　从此，她的日子就跟药壶连在一起，一年 365 天熬药，每顿也就少不了。

　　开始她不熟，婆婆就点拨她，多少药，多少水，多大火，多长时间都是有规定的。熬药如同制药，掌握好量度、时间、火候才行，一点也马虎不得。熬好药后还要在不烫不凉的情况下给婆婆端去。当然这也要摸准婆婆的脾气，心中有数。

　　好在这些都是比较单纯重复的劳动，她慢慢地也就摸透了。

　　婆婆说："这药壶是我婆婆留下来的，虽非传家宝，也是前人的遗物，你可要小心使用。"

　　婆婆的话使她心中一惊，她知道了这药壶的分量。每次熬药时她都战战兢兢，揣着一百个小心。轻拿轻放，像对待一件珍贵的古董。

最心焦的是药壶"粘"上了她。连赶个集、串个门、回个娘家都成问题。婆婆对换个生手熬药总不放心，她一出门就嘱咐她早点回来。

回娘家未出三天丈夫准来接。

嫂子逗她："怕是你男人离不开你吧！"

这是冤枉！她多想出来散散心，只是这药壶倒真是离不开她，她有时心烦，有时流泪，怎摊上这么个药罐子婆婆！

多烦人的药壶！

有次她实在憋不住了，到亲戚家去串个门，她前脚到，后脚丈夫就找来了。说别人给婆婆熬的药不对劲，婆婆生气未吃，老病又犯啦！她心中怦然一动，婆婆虽然有点缠人，可丈夫待她不薄。望着丈夫那一脸恳求的样子，老大不忍，"唉"了一声就跟着丈夫回去熬药了。

婆婆的生命靠中草药支撑着，她的青春也就在药壶中熬尽了。直到她的儿子娶了媳妇，她还在给婆婆熬药。

已经算不清她给婆婆熬了多少次药，这只药壶没打，连道纹也没有，别人都说神啦！

婆婆临终拉着她手不放："我这药罐子累了你啦！"婆婆干枯的眼里滚出来两滴泪珠。

她却被触动心弦，一种复杂的思绪使她痛哭了起来。

婆婆死了这药壶还有用吗？她真恨不得把它摔个粉碎，痛痛快快听个响！可儿子问她时，她沉吟了半晌说："留着吧！"

一　支　曲

真太美妙了！

他搬入了新居，楼上住的是位鹤发童颜的老音乐家。老音乐家是位知名度极高的人物，他不常下楼，难得一见。不过，每天都有一支隔不住的乐曲，从头顶的楼板上飘洒而下。

他喜欢音乐，可弄不清这是支什么曲子。开始他觉得有些新鲜、惊奇，随后便觉得它清新悦耳，非常动听。很快这支曲子就吸引住了他，让他心旷神怡，恍如进入仙境一般，真太美妙了！他什么时候听过这么好的乐曲呢?!

他完全被这位老音乐家俘虏了，他感到他是位乐神。有这样一个好上邻，真是生活中一种莫大的幸福。

第一天他被领入了这种迷人的音乐宫廷……

第二天他开始进入了佳境，竖起耳朵仔细品味玩赏，停止了听觉以外的一切……这个乐曲简直使他着了迷。

第三天他被乐曲摆布得如醉如痴了……

从此，他完全进入了老音乐家的这支乐曲的世界。只是他不知道这是老音乐家在演奏呢，还是播放着录音的磁带？这层楼板的隔离使他听不太清。但他仔细听着、努力听着，这不像老音乐家正在演奏，他太老了，他也许承受不了这种感情激越的演奏活动啦！

可是，一周、两周、三周……反复播撒下来的都是这支乐曲。为什么不换一支呢？他有些迷惘了。

时间是薄情的，他一点一点对它由着迷变得淡薄了。

他开始有一点倒胃啦！

他再三思索琢磨，为什么老音乐家只放这一个曲子呢？是不是因为这是他生平唯一的杰作，因此，就反复不停地欣赏，用以陶醉他这不能再创作了的晚景？他几次想上楼去谈谈，可总因为不清底细，不了解老音乐家的脾气，特别是对这样一个声高望重的人，他也不敢造次。

楼上的乐曲又响了。薄情的时间越来越加深了他腻味的程度，他太腻味了，怎么老放这个呢?！他多想问一问那位老音乐家……

现在他已由腻味变得厌烦了，而且越来越难忍受，每当乐曲一响，他就堵上耳朵。

他感到有这么一个邻居是一种不幸了。

真烦死人啦！

"别放了！"当乐曲又播放起来时，他终于冲着楼上大声喊了一声。

可这无济于事，老音乐家也许根本听不见。他很可能就是贝多芬那样一个聋子呢！

这天，不变的乐曲照旧洒下来，而且反复播放，竟然日夜不停。他大为烦恼。他实在忍受不住了，他要上去好好开导开导这位疯狂的老音乐家，让他明白再好的乐曲，在人家耳朵里成为苗子时，它就是噪音啦！

他轻轻地敲门无反应。

他重重地敲门也无反应。

他大为愕疑。会同邻居破门而入，只见老音乐家闭着眼睛，躺在那只古老的安乐椅子上。他走到老音乐家身旁仔细看看，他早已停止了呼吸。只是身旁那架带电脑自控的高级收录机，在不停地反复播放着他生前留下来的这支曾经使他着过迷的乐曲……

茶　锈

　　老处长 60 已过，本应退休回家了，但他是厅里一"宝"，都有点舍不得让他走。所以他那张又长又宽、都磨掉了牙的古老的大办公桌，还没有换主人。

　　老处长可能由于用脑累的，过早地拔了顶，又有点发了胖，往那儿一坐就像尊佛似的。他从旧人造革手提兜里掏出那把小南泥壶，泡上茶，面对着一大摞上呈下发的公文，摆好文件，摊开稿纸，不是起草就是修改。举凡经他过手的公文，都十分妥帖，不说绝对完美，也难挑出什么毛病来。正因如此，各处室的公文，即使厅长批过了，也还要拿到他那里推敲、润色一番，然后才打印发出。

　　有人说老处长也够得上个"专家"啦！他把我们多年来的行文程序、规则、模式、辞令、套话，等等，都吃到肚子里了。同时，对一些重要的规章、制度、法令、决定，甚至于报纸社论，等等，也都收储在大脑里了。谁要是起草或处理公文，遇到了记不起的事情，找不到恰当的措辞，到他这儿来一请教，就像翻字典一样方便可靠。

就冲这，厅里也确实离不开他这个难得的人才。

老处长烟不抽、酒不喝，唯独嗜茶如命，而他那把小南泥壶，更是他公文生涯中离不开的一宝。上班时拿来，下班时带走，万一忘了，也要跑来取回去，生怕丢了。

小南泥壶本是褚石色的，可现在乌黑锃亮，颇似一件古董。装水不多，保温性不强，但是，老处长嘴对嘴喝起来，却津津有味，好像不仅是解渴，还是一种特殊的美味享受。

有个年轻科员，来处不久，对老处长的南泥壶和他的饮茶，很有点兴趣，他禁不住上前摸摸小南泥壶说："老处长，您这把南泥壶，很像一件出土文物。"

老处长一听"出土文物"，感到有点不那么顺耳，于是一笑说："你看我呢？"

年轻科员没想到老处长这样反问，他自感有些失言，忙说："您，您当然是年高有德的老革命喽！"

"老弟，"老处长这时才指着小南泥壶说，"它虽非出土文物，可它身价不凡啊！"老处长说到这里停了下来，好像有意要卖个关子。

"怎么？"年轻科员一下被吸引住了，着急地欲知其详。

"它是刚解放时，我花了两块银圆从旧物摊上买来的。"

"啊！两块银圆？"年轻科员吃了一惊。两块银圆这价值太高了，拿现在换成人民币，也该买一二十把这样小南泥壶了。他忍不住又问了一句："为什么这样贵呢？"

"你看看。"

年轻科员小心翼翼端起壶来,左看右看,也未看出来个究竟。

"你打开壶盖看看。"老处长指点着他。

年轻科员打开壶盖看看,里边挂满了茶锈,早已由黄变黑,黑乎乎的好似涂了一层铜钱厚的漆。这更使他不明白了。他说:"啊呀!老处长,您这壶怎么挂了这么厚茶锈啊?"

"哈哈……"老处长又笑了起来,笑过之后,很认真地说:"它值钱的地方,就在这一肚子茶锈上呢!"

老年黄昏综合征

多新鲜！这病你听过吗？可他得了。

他刚从厂里退下来，偏偏老伴又提前走了一步，撇下他一个孤老头子，冷冷清清、空空落落，他很自然地加入了街头上的"仙人集"。十来个老头儿，不是下棋、打扑克，便是侃大山。这倒也别有乐趣，只是他近来不管干什么都常常走神，都是让附近那个二寡妇闹的。

他正下着棋，二寡妇走过来，他竟把大车送到人家炮口里去了……

哎，我说你的眼睛长哪儿去啦？

不管他的眼睛长哪儿去了，人家二寡妇是扭扭搭搭走过去啦！

他心里有点闹得慌，一晃十来天没有下棋。可桥归桥，路归路，你一万年不下棋，这跟二寡妇也搭不上边啊！

不料他心中一急，就得了这么个"老年黄昏综合征"。白天好端端的，一到黄昏就找不到自己的家门啦！有三四次都走到了邻居家，现在闹得竟连前后街也分不清了……

儿女们领他到医院一检查，主治大夫问了半天，看了半天，想了半天，落笔在病历本上写下"老年黄昏综合征"七个字。说这种病问题不大，只有老年人才得。

人家都说他的病怪异，可别发展成为痴呆。但他心里有数，他早就从报纸上知道这病啦。

从此，他成了病人，人人都知道他得了"老年黄昏综合征"，如果再误入了哪家的门，也无烦言了。

这天，不知怎么走的，他一下子竟到了二寡妇家。二寡妇当然不怪，邻里也无闲言，一个病人嘛！可是，这一来他走错十次，竟有八次是走到了二寡妇家。邻里有些纳闷，这病人怎么走顺了脚？二寡妇也有些愕疑，难道……终归女人家心细，到第九次便开始延入高座，敬烟、敬茶了。再以后，自然慢慢地便酒饭相待了。再以后，还用说吗？病人便成了二寡妇家的男主人啦！

从此，他到了黄昏再没走错家门，"老年黄昏综合征"，不治也就好啦！

甜 点 心

他太漂亮了，怎么长的？

她怀疑他是不是个服装模特，一身衣服穿得像百货商场里塑料人一样标准。

这面孔，这身材，在白人堆里也不多见。蓝蓝的眼球、高高的鼻子、金黄金黄的头发。她弄不清他是撒克逊人，还是日耳曼人，还是斯拉夫人。总之是个白种人。

她喜欢白种人，白种人多带劲，脸长出个半弧形来，没有亚洲人那种扁平的面孔。

"嗨。"这个问好声音，连同那一撩的目光，也都具有男性非凡的魅力。

真巧，他就坐在她身旁的位置上。

更巧，他也是去佛罗里达海滨度假的。

她处过几个男友，多是黄皮肤的，没有一个如此英俊。最近她同那个瘦小的华裔男友闹翻，就一个人出来度假。当她提着皮包还没有上飞机，心绪中就涌现一种孤寂感，孑然一身啊！

但她又觉得这样更自由，在没有相知的人群中，在没有监控和羁绊的目光下，多少可以随心所欲啊！她是个开放而有勇气的亚洲女子，她在这个社会里已经生活很久了。这异域的岁月，也许更冶炼了她的野性。她盼望这十天的假期里能有个意外的机遇。如果有份"甜点心"①送到嘴边上来，她也不会胆怯的，她是个有不断尝新欲望的女子。

太巧了！他也是只身一人出来玩。

他们同进了一家海滨旅馆，在共进晚餐之后，他们自然就成了一对速成的情侣，而且也由两个房间变成了一个房间。这正是许多只身度假的人所寻求的自由和快乐。不过，像她这样巧遇如此天赐良缘的不多。

她高兴死了，她快乐死了！她没有想到在这次度假中，竟有这么个令她身心战栗的幸遇。

在这个漂亮男子的怀抱里，她真是魂都没有了。

这时也许连神仙都要嫉妒和羡慕她了！

她和他双宿双飞，像一对度蜜月的新婚夫妇，在这阳光海岸上度过了一个极尽人间欢乐的假期。

这段短暂的度假生活，使她感受到人生的最大满足。直至归来之后她还时时回味这段甜蜜的情景，特别是临别时，他还送给她一枚 14K 的钻石戒指，尽管细小一点，却也十分精致。现在就戴在手上，每看它一眼就感到心醉，他真是个漂亮而多情的男子！尽管约定的日期刚刚才到，她已心急火燎，决定打

———————

①注："甜点心"隐喻男女生活之外遇。美国人多喜欢于正餐之后吃点甜食，因以被借喻。

个电话，看看他回到住地没有。电话铃声刚过，便有人接了。

"哈啰，普莱士先生吗？"

"对不起，你弄错了，这里没有普莱士先生。"

"难道亚克·普莱士先生不住在这儿吗？"这已是多余的话了。

没有回音，耳机子已经放下。

是不是电话号码按错了？她仔细核对之后，又来了一遍，接电话的还是原先那个人。这真使她沮丧极了！难道他是个骗子？可这又何必呢？萍水相逢，露水情缘，逢场作戏，分手便了，谁还能纠缠不放？真不够意思！但她又一想既然分手便了，又为什么要送给她这么一枚戒指呢？这使她有点困惑不解。她忽然想到那也许是一件糊弄人的赝品。她再次把戒指拿下来看看，不错，戒指里边清楚压印着 14K 钻石戒指的标志，并有店家的商标，看来这不是假的。只是当她再一细看，还有"AFAF"这样四个排列整齐的字母，这是啥意思呢？她忍不住向公司里一位年长的白人女秘书请教。

"啊！有人送给你这枚戒指？"女秘书一看手像被烧了一下，戒指掉在了桌子上，睁大眼睛问她。

她不解地点了点头。"你赶快到医生那里去进行检查。"

"你说什么？"她惊讶地问女秘书。

"去看看医生吧！"

"可你还没告诉我那几个字是什么意思呢！"

"那是不太规范的'艾滋病患者之友协会赠予'这句话的字母缩写。"

她一下瘫倒了。

无壳蜗牛

　　秀秀和先生来美多年，早就梦想着有一座"花园洋房"，有了"花园洋房"，这个"美国梦"才算告一段落。

　　现在终于有了。

　　这房子坐落在一个老居民区，地点适中，住宅宽敞，前有草坪花卉，后有围墙、亭台。葡萄、桃李都已是多年坐果的老树了。房基是水泥和石头，四壁由红、黄、褚三色的砖砌成。门前的立柱、阳台也都是花岗岩石。二层小楼，旁有车库，外加地下室共4000多平方英尺。这幢小楼从外表上看古雅气派，从内部看格局虽老，可墙壁门窗如新，连外客厅的波斯地毯也干干净净。

　　这幢小楼房龄多长？40年。连作为买主的秀秀和先生也不信。40多年的老房子，怎么维护得这么好？

　　房价不高，30万元。若现在以如此材料建造这幢房子，没有五六十万元下不来。这幢二手货，也太便宜了！

　　秀秀夫妇开始还以为听错了，后来跟经纪人叫清了，便忙着连看三次，并请房屋专家给做了检查，除已更换过的管道、电线有些老化了以外，一切都非常坚固，据测算比新盖的木质房还要耐久得多。于是，秀秀夫妇很快经过讨价还价，以 28 万买了下来。付了 56000 元头款，又向银行借了一笔分期偿还的房屋贷款。

房子到手后，秀秀夫妇十分高兴。又装饰内部，又修剪草坪，又擦洗门窗、亭台，又添置家具，使这幢老房子愈加整旧如新。更兼注入了不少现代派的色彩，所以别是一番新鲜景象。

他们迁入新居后，分批宴请亲朋好友。凡是来人看了都是惊讶和赞美，说他们一定交了好运，不然怎能买到这样一座便宜房子。

自此他们对这座房子愈加喜欢，天天看着像个宝似的，站在窗前、坐在阳台顿觉心旷神怡、喜气洋洋。夫妇俩有空无空便这儿收拾收拾，那儿整理整理，珍爱备至。做梦也未想到，他们竟成了这样一个"带壳的蜗牛"啦！

可是，就在他们的喜悦和兴奋还未沉静下来时，一个意外的传闻便到了他们的耳朵里。

这幢房子原来的房主，是个公司职员，为了买它，省吃俭用，节衣缩食，公余之时还要加班，并把祖上的珍贵遗物，如金表、首饰等卖掉，又向银行借了一笔为期 30 年的房屋贷款，才买下这座称心如意的"花园洋房"。有了它，主人的全部心血便都倾注在这上面，一下班就全力以赴地侍弄它，连事业上的钻研、生活上的一些文化娱乐活动也都抛弃了。所以，许多相识的人都讥笑他为"房奴"。他对此也无反感，一样面包养百样人，人生在世各有所好，他爱房如命，侍房为乐，这又有谁管得了呢？

　　但是，就当他的房屋贷款还了不到一半时，他的公司倒闭，他也失了业，再无力偿还贷款。在银行即将收去房子拍卖时，他留下一纸遗书，于主卧室中服毒自尽了。他遗书上只对银行提了一条要求，就是这些年来他以生命维护了这座住宅，使它的价值有增无减，所以，他死后必须把他深葬在后院，以便他死也不离开这里，做鬼也带着这个"蜗壳"，否则他的家属将告银行以非法手段催债，而逼死人命。银行老板一看房屋维护得如此完好，宅院修整得这般整齐、秀丽，且这一要求也不高，便照遗嘱在后院挖了个深坑把他埋入地下，地面上无任何痕迹……

　　秀秀夫妇听了大为震惊，难道他们的后院还埋着已故的房主？他们的卧室里曾经有过服毒的死人？他们竟与一个未走完人生里程的鬼魂在此同住……这不得了！于是他们整日里心惊胆战、梦魂不安，特别是秀秀夜里一闭上眼睛，就感到服毒后的房主正躺在自己的身旁，一上厕所就总见那月光下的凉亭里边还坐着房主……

　　他们对这座房子由爱变怕了。

　　秀秀夫妇经受不住这种神经上的折磨了！

　　不久，即把这幢"花园洋房"，托人削价卖掉。他们重回公寓，依然是"无壳的蜗牛"。

异域重逢

　　小清在一家华人餐馆前停下车来。

　　餐馆里迎门有雕龙的屏风，走过去分隔着有二十来张餐桌。小清在"领位"（餐馆内专门安排客人座位和沏茶倒水的服务员）小姐安排坐了下来后，她向"企台"（专管点菜和上菜的服务员）小姐点了碗三鲜面。

　　这时结账台上的电话响了，一个老板模样的华人，用英语问了几句，又用华语大声招呼，请习子平来接电话。

　　啊！这不是中学时班主任老师的名字吗？小清不由一愣。

　　出来的果然是习老师，只见他头戴白帽，身上扎着条宽大的胶皮围裙，手上水还未擦净，显然是在厨房里干杂活的。

　　小清忙过去喊了声：习老师！

　　啊！小清。习子平也一愣，他万万没有想到竟在这里、这种情况下碰见了小清，不免有些尴尬，又有些激动。

　　小清读高中时，子平是她的语文教师，同时也是她的班主任。习子平那时刚从大学毕业，二十几岁，一表人才，正是风华正茂的年华。课讲得好，班级工作也做得不错，尤其是他那堂堂的仪表，翩翩的风度，很受学生，特别是女学生的欢迎。有些女孩对他产生了暗恋，有的甚至借机默默传情，当年的小清就是其中的一个。当然对于这些习子平都没有搭理，那时她们在他的眼里毕竟还都是孩子。就是在大学里有些追求他的女同学尚未看在眼里。习子平以其优越的条件，不免有些高傲的心性。

后来小清上了大学，大学毕业又到了美国留学。这期间他们再没见过，岁月已无痕地逝去。但在小清尘封的记忆里，习子平还留着美好的形象。今天在这里相遇使她深感意外，她不知他以什么身份来到这个战场一样的社会里。

习子平在一边接电话，小清在另一边观察他。他面容枯槁，神色黯淡，鬓发不修，衣着脏乱，完全是个底层打工仔的形象。其实到美国来闯社会，开始阶段打打工也是正常的，这里许多上层华人，也多走过这一步的。不过他似遭遇了更多的磨难，已挫去了青春光泽，给人一种未老先衰的感觉，虽然他还未完全步入中年，但当年的风韵神采已荡然无存。

习子平打完电话滞滞扭扭走到小清的跟前，问她来美国是探亲还是来学习的。小清告诉他，她正在加州大学攻读博士学位。反过来问他时，他则只说他是探亲来的，其他的情况便有些讳莫如深了。小清见此也不再多问，何必让人家为难呢？习子平似乎有千言万语要说，不过对这个往日的学生一时也难倾吐。于是，这两位多年未见面的异域重遇的师生，便都沉默了下来。

正在这时一位体态有些臃肿的黑人妇女，风风火火地闯了进来，她冲着习子平说："你怎么没在后边干活呀？"她疑惑地看了看小清，贸然地自我介绍说："这位小姐，我叫安妮·玛丽，是习子平的妻子。"随后竟又说："我可不希望他再叫中国女人勾走了，没有我他在这儿是拿不到绿卡的……"这是啥话？说时虽有几分幽默语气，但它充满了敌意的警告气味。这显然是个没有多高教养的女人。

习子平不知听懂未听懂，他只低头木然无言地坐在那里。

这场面真有点令人惊讶而又悲哀。

小清哪里受得了这个，她愤然站起说："夫人，请你放尊重些，你不感到这样说话失礼吗？看在我老师的面上我原谅了你，不过，你应学会怎样像一个文明人那样说话。"说完她可怜地看了一眼习子平，连面条也未吃，就付了账匆匆地走出了餐馆。

外面阳光如织，她心中却异常苍凉。人生难测，岁月无常，谁知什么时候会出错了牌呢！待习子平从餐馆里撵出来时，她还是很动情地说："异域拼搏艰难，愿老师好自珍重吧！"

魔鬼集邮公司

女儿说："你喜欢集邮，我给你买些邮票来。"

"好啊，什么邮票？"我问。

"等过几天人家给你寄来吧！就是这家公司。"女儿递给我一张报纸，用手指着一条广告。她说人家只要 1 美元，然后给你寄 500 枚旧邮票来。

我想这太便宜了，在这里邮一封信还要两角五分钱呢！我问："这是家什么集邮公司？"

"魔鬼（Devil）集邮公司。"

什么？这把我吓了一跳。美国的公司起名字千奇百怪。我想就冲这名字，肯定是个骗局，从魔鬼手里还能讨回来个公道？这 1 美元是肉包子打狗了。

女儿说："管它呢，1 美元权当一块试金石了。了解了解这五花八门的社会生活也怪有趣的。"

名曰集邮，实则她要看看社会。

一连四五天过去了，没有回信，我想这事准泡汤了，便不去想它。谁承想第七天头上，收到了一个"魔鬼集邮公司"寄来的沉甸甸的信封，打开里边是一堆乱糟糟的世界各国的旧邮票，看样子 500 枚还多，不知这家集邮公司是不是邮政局办的，不然这也不够邮费呀！这当然是一堆垃圾邮票，我也没有耐心去数它。但闲着没事不免拿起来翻翻，这真是个邮票世界，欧洲、亚洲、美洲、大洋洲的都有，而且竟还夹杂着一小部分根本没有用过的邮票，也许这是作废了的，不然它的面值也远超过了 1 美元。我真不知这个魔鬼公司的老板怎成了菩萨？

谁知就在这时，魔鬼集邮公司竟又寄了邮票来，而且全是新的，都是多少有点特殊意义的，如联合国总部出的，只在联合国内部使用、印着各会员国国旗的邮票；还有孩子们喜欢的唐老鸭、米老鼠邮票，分别用小纸袋装着，标有邮票的价格。如果留下就寄钱过去。女儿看了赶紧给退了回去，说："开始那 1 美元邮票也许是个诱饵，真正的文章还在后边呢！"

我说："若不给它寄钱去，它怎么办呢？在咱们那儿不都先汇款后付货吗？"

"那可不行，这里办事都讲信用，一事失去信用进入电脑，便终生在册，以后办什么事都困难。更何况这里法律细如牛毛，屁大点事它都管着……"

原来如此，怪不得女儿这般小心。

大约过了五六天，魔鬼集邮公司又寄来两套邮票来让认购，女儿又忙道谢，给退了回去。

我想：这回麻烦了，不管怎么说，可能要被"魔鬼"缠住。果然，在女儿第二次将邮票退回去后，没过几天魔鬼集邮公司又寄了邮票来，而这次寄来的是从 1789 年到 1969 年，美国历届 35 位总统的半身肖像邮票，每枚 22 美分，外加一枚白宫外形的邮票，在我看来这也是很难得的邮票了。我对女儿说："买下来吧！"

女儿说："那就买吧，这种邮票不知印多少，也许增值有限，但保存起来，留给孩子们也是一份有价值的文化知识遗产。"

这一下子，我手里就有了从华盛顿开始的美国 35 位总统。意外地从那些旧邮票中，我又翻出来一枚希特勒头像未用邮票，这倒真正是个"魔鬼"！我高兴地对女儿说："咱们没挨宰，80 多美元买了这么多美国总统，还外加一个'魔鬼'呢！"

女儿说："这才是开个头，你打开了大门以后"魔鬼"还能少来吗？不过，这不可怕，这是他们做生意的一种方式。天下事不能光从名称上看，叫魔鬼的未必是魔鬼，而不叫魔鬼的倒有可能正是魔鬼！崎岖世路，诡谲人寰，凡叫得最好听的都无妨加它几分小心……"

孬种柳二

没有说错，柳二是个孬种。上不得阵，见不得硬，一只耗子也能把他吓得冒烟跑。

人们都说这随他爹，他爹就是个孬种，连老婆被人霸占去了，一个屁也未敢放。龙生龙，凤生凤，柳家一门孬种！

义勇军打鬼子，浩浩荡荡的人流往前开，不知怎么，把柳二卷了进去。让这孬种又出了洋相，未等枪响就撒开兔子腿，跑回村里裤裆还湿着。

不用说，这又是一个让人戳脊梁骨的笑料。

柳二爹未吭声。柳二未过门的小媳妇，却气得差点跳了井，这桩亲事也就打这儿黄啦！

从此，柳二成天捧着个酒瓶子，三个饱，一个倒，不咸不淡，没滋没味，浑浑噩噩地活着。

他爹一个急病死啦，就留下了柳二。柳二对他爹的家当，什么都不稀罕，就稀罕他那坛精心配制、一直保存未动的好酒。这坛子酒，未开封就能闻到酒香。他成天抱着舍不得喝，不时闻闻就醉了。

这天，一小队日本鬼子来搜剿义勇军。村里人都躲到山里去了，以为他早跑啦，谁知他抱着那坛子酒，醉倒在村口的大柳树下。

鬼子一看是个醉汉，一脚把他踢醒了。他一睁眼，傻啦，魂都没哩！

"什么的干活？"一声吆喝。

"良……"柳二话都不知怎说啦，肚子里那点酒，也早都随冷汗飞到爪哇国去了。

"在这儿……"

"良……"柳二语无伦次，"迎接皇军？酒！"

"酒？酒……"鬼子见了酒，面有喜色。

柳二孬种急啦，也来了点机灵。

鬼子军官过来看看，不假。酒坛子还封着呢，酒香就直打鼻子。一刀桶开，嗬！全小队都闻到了，酒虫子全被勾引出来啦！可他们不敢喝，让柳二先喝。柳二对爹这坛酒，早已馋得不得了，过去未舍得喝，现在要送给鬼子，还不得趁机捞回点？他咕嘟咕嘟喝了一大口，他想这样喝也让鬼子放心，殊不知鬼子都有点心疼啦！

"好酒，好酒！"鬼子军官抢过去，一边喝，一边赞不绝口。同时又让每个鬼子兵都过来喝一大口，大家一同过过瘾。

鬼子兵贪婪地喝了后，也齐说："好酒，好酒！"

鬼子军官翘起大拇指，冲着柳二说："你的良民，大大的良民！"

鬼子兵也跟着说："大大的良民！"

柳二心里窃喜，多亏爹留下的这坛子酒，若不然他今天还有命吗？

就在这时，他突然感到肚子里，像针扎火燎般疼痛起来。不好！他心里咯噔一下子，这可是啥酒啊……是不是他爹暗中给霸占他娘的酒鬼乔二虎准备的……啊！爹也不孬，只是阎王爷未给他时间……不料神差鬼使落到他的手里，竟派上了这么大一个用处。这该着他柳二走运，孬到头啦！想到这里他顿感浑身是胆，不由一阵仰天大笑，狂呼：

"打倒日本鬼子！"

鬼子们大惊，也都剧烈腹痛起来。他们齐说上了柳二的当，一阵乱枪把他打死了。随后鬼子们也都死了。

这件事马上轰动开啦，柳二舍了一条命，消灭了一小队日本鬼子。在那个国破家亡的时刻，还有比这动人的吗？！

村里人惊讶得都合不上嘴，这太阳是打哪边出来啦？生活也许给人们留下了个老大的问号，但历史还是小葱拌豆腐。人们马上给他立了一块碑，上刻"舍身报国抗日勇士柳二"十个金光闪闪的大字。

谁还敢说柳二是个孬种！

天　报

　　手术室笼罩在紧张、严峻而又悲壮、残酷的气氛中，这压得人有点喘不过气来。一片死一样的静谧，连每个人的喘息和呼吸彼此都可以听到！两个日本医生和一个护士正对抗日英雄杨靖宇的尸体进行腹部解剖，站在这位令他们闻风丧胆的巨人面前，医生拿着手术刀的手都在颤抖着。

　　这个餐风饮露、爬冰卧雪，而竟把他们打得焦头烂额、寝食不安的人，是靠什么来支撑他如此顽强的身躯？他们要解开这个谜……

　　用一百倍放大镜，在胃肠里找到的，也只是草根和棉絮，一点粮食也没有。

　　这太惊人了！医生和护士被震慑了；在一旁站着的伪满通化省警务厅厅长兼警察本部部长的岸谷隆一郎，也目瞪口呆戳在那儿啦！

　　难道他真是铁打的？

　　这个一向充满大和民族优越感的岸谷隆一郎，此时自觉地并拢两腿，随即以日本军人所特有的姿势鞠躬敬礼，垂首默哀。

"这才是真正的中国人，这才是中国的民族英雄！"

两个医生和护士早已眼含热泪，挺身在那里致敬了。

恰在这时，原杨靖宇部下二师参谋长，现在穿上敌伪警卫服装的丁守龙，这条为抓杨靖宇而立了功的走狗，喜滋滋地走了进来。他水肿眼泡，一副猴腮已吃得油光满面了。他满以为从敌人对杨靖宇复仇般的残忍里，能捞到点什么，可一看这情景傻眼了！他该怎么办呢？他敢跟着敌人向杨靖宇致敬吗？可他又敢在敌人都肃然起敬的情况下，来败坏杨靖宇吗？他太尴尬了！他感到周身每个细胞都不舒服。此时此刻，他可算个什么角色呢？岸谷隆一郎对杨靖宇的称赞，使他感到一阵无法控制的战栗。望着杨靖宇腹中的草根和棉絮，他忽然觉得肚子剧烈地疼痛起来……

他破坏了敌人对杨靖宇的致敬气氛！岸谷隆一郎以十分憎恶的心情，一脚把他踢倒在那里，护士一口唾沫吐到了他的脸上。两个医生把他架到了手术台上，摸着他那隆起的肚子，冷笑着说：

"这里不舒服？要不要打开看看？"

他望着医生手中那柄寒光闪闪的手术刀，连忙摇头说："不，不……"随即惊吓得昏厥过去了。

敌人当然没有解剖他，那只不过是他提供给了敌人一个唾弃和戏弄的机会。

从此，他再也经受不住这个巨大的刺激和压力，而精神彻底崩溃了！

一看到米饭和鱼、肉，就想到杨靖宇腹中那震撼了敌人的草根和棉絮。于是，一拿起筷子便感到肚子痛……

不久他便死了。

蒙江县人都说这是天报！

老　板

　　我们老板是个好人。他是经营金银首饰的，被饥饿逼得实在熬不过去了，拿了两根金条，买通了国民党城防军的关卡，带着我们这两个伙计，逃到了解放区的收容站。

　　如果不是老板，我俩也许会饿死在城里。

　　他带着我俩也有他的需要，一路我俩给他探路防凶、拿东西，有时还要拉他一把，扶他一程，甚至背他几步……可这对我俩来说，又算得了什么呢？

　　尽管我们知道老板那两根金条可能不真，但他对国民党军队的欺骗，不也使我们跟着沾了活命的光了吗？再浑的人也明白这个理呀！

　　现在老板为感谢我俩沿途为他效力，让我俩休息，竟自告奋勇到收容站伙房去领饭了。

　　老板顶风冒雪去了大半天，领回来一盆汤菜，六个馒头。我们刚到收容站，解放军只给了两碗小米稀粥喝，现在有了白面馒头，只是每人两个馒头，太少点。老板只吃了一个，喝了点菜汤，剩下一个分给我俩吃了。

老板真是个少有的好人！

未料想老板半夜里突然肚子疼痛了起来，痛得直翻身打滚，而且越来越厉害。我们想这可能是他睡前喝凉水喝的，不知为啥他喝了那么一大碗凉水……于是，便给他吃了两片治肠胃炎的药，但还止不住。

我们俩赶紧跑到收容站去找站长，站长带个解放军的军医来了。可等我们赶回来时，老板已没有了声息。站长和军医摸摸老板的肚子和脉搏，摇摇头，说是没救了。

老板啊老板，你怎么去得这样快呀！你到底是啥病死的呀？

站长问我俩吃了几个馒头。

这还用问？每人两个，老板又把他的馒头分给了我们每人半个……

站长没有言语，只是又一次摇了摇头。

我俩再次询问，我们老板究竟是啥病死的呀？这必须得问个明白，他带着我俩一同跑了出来，以后对他的亲属也好有个交代。

站长和军医似乎由于心理上的什么忌讳，都有点忌口，一时没有言语。看我俩实在问得紧了，临走出门去，才回过头来硬邦邦地甩下了一句话：

"他撑死啦！"

啊！我们的好老板……

狗 剩 子

　　小猪倌，叫狗剩子，怪难听的，可他不在乎。他人不大，好吹。爱听老人说书，肚子里攒了不少词。

　　"你为啥叫狗剩子？"我问。

　　"俺娘说俺下生后好险未叫狗叼去。"他大眼睛一翻愣，说得很认真，丝毫不以这个名字为耻。他说："就差那么一点，大黑狗都叼起来了……俺娘是狗嘴里夺子呀！"

　　大家笑了，他却板着脸说："你们笑啥？这是俺生来命大，吉星高照，不然到了狗嘴里怎能夺下来？"他越说越来劲，"这注定了俺这一辈子都要逢凶化吉，遇难成祥。"

　　嗬，又吹上啦！他开始把肚子里的词往外抖搂。

　　他要参加民兵，我拍着他的脑袋说："你还小，再过两年吧！"

　　"俺都 17 了，还小？"他一蹦老高。

　　打足了，他也许才有 15 岁。山里人报岁数都是虚的，哪有个准年龄呢！

"看你这个头儿还没长足，能拿得动枪吗？"我还是有意逗他。

"队长，你可别隔着门缝看人。书上说有志不在年高，无志空活百岁。若不然咱俩试巴试巴？"狗剩子脸都红了。他身量比我矮一头还得挂零，可他瞧不起我这洋学生出身的老八路。

"你这小鬼，还要跟我较量？来吧！"我漫不经心地说，当然也没把他这孩子看在眼里。

谁料一话刚出，还未等有所准备，狗剩子一个箭步抢过来，右腿一绊，双手搂住我往后猛地一推一压，我失去了重心，"啪"地摔了个仰八叉。

"啊！"大家吃了一惊。这还得了！把土改工作队队长撂倒，岂不是太岁头上动土？都忙着一边扶我，一边吆喝狗剩子。

狗剩子倒不害怕，反有点胜利者得意的劲儿。我有些尴尬，不过，拍拍身上的土还是笑了起来。

有道是不打不成交，从此我倒真喜欢上狗剩子这愣小子了。他愣得可爱，真有点初生牛犊不怕虎的劲儿。

狗剩子把我撂倒后，牛皮吹得更大了。他到处说："那天，身经百战的老八路，都叫我一个绊就放在那儿啦！"

"狗剩子，你别到处吹了。现在给你一个任务，你要是完成了，回来就准你参加民兵。"这天我把狗剩子找来说。

"队长，你说话可要算数。"

"当然。"

"现在咱俩拉钩。"他伸出一个又脏又黑的指头，我们拉了钩，我交给他只有三四页的一本油印小册子，那是1947年入冬才发下来的《中国土地法大纲》，这是共产党领导土改和发动群众的一个重要文件，全文只有16条，可它在当时农村却是一部翻天覆地的大法。我让他藏在棉袄里，到大青山里去交给他在那儿当孩子王的舅舅。大青山里地处偏远，我们的工作力量还没有达到，那儿还是地主老财的天下。他舅舅因在小学教书，思想开通，有些进步，是想借他的力量暗中发动群众，把土改这把火烧过去。

狗剩子一去六七天也未回来，他家惦着，我也有些焦虑，很怕他弄不好让那里地主的打手们给收拾了。到了第八天头上，从大青山里来了两辆大车，五六个农民，说是代表那里的贫雇农来请土改工作队进山；又说狗剩子送去那本小册子，一下子把群众的心都拨亮了……可狗剩子呢？说在他舅舅家玩呢。

"这真是个孩子。"我想。

我领了三四个土改工作队员，带着区自卫中队一个班，十来条枪，跟着他们进山了。到了大青山里中心小学附近，我找到了狗剩子他舅舅家，一进门就见狗剩子在炕上躺着呢，脸上、手上、身上都糊着黑乎乎的中草药。

"咋啦？"我忙问。

"哇"一声，狗剩子哭了起来，他拍着炕沿说："队长，我没有很好地完成任务，你交给我那本经书，我只带来一半呀！……"

"啊？"我心中有些疑惑，人家说他送来一本小册子，他又说只带来一半，这是咋回事呢？

原来他来时路上遇到了狼，太阳刚一落山，天色发暗，两只老狼就盯上了他。他把放猪的鞭子甩得山响，狼也不怕。他一急想到身上带着爷爷的那个火镰，于是，摸出来一块火石，就把自己棉袄上露出的棉花打着了，先是一点火星，经风一吹在他身上就蹿起来火苗子了。狼吓跑了，可他棉袄也烧着啦！当他挣扎着脱下来时浑身已经烧伤……这时他猛地想到了队长交给他的那本小册子还在棉袄里，他忙去掏，已掏不出来了。他用手打、脚踩都灭不了火，没办法冲着棉袄里边尿过去。这泡尿没能把棉袄上的火全浇灭，那本小册子只保住了一大半。

"狗剩子，你真有尿！可烧掉了的那些怎么办？"我一面夸一面急。

"我，我给补上啦。"他说得很轻很轻，还带有几分歉疚的神态。

"啊？"我吃了一惊，"怎么你给补了？"我疑惑是否听错了。他大字不识，怎么给补呢？是不是要拿我寻开心？

"那本经你对我们讲了无数遍，不光讲还写在了区政府的大墙上……那里每个字都连着穷人的命根子，大家早就都背熟了，我怎能不记得呢？！"他叨住理就越说越带劲了。随后他又轻声告诉我："我一边背，舅舅一边写，不就补上了吗？"

"哎呀！狗剩子，真有你吹的。你不光一肚子旧词，还能背《中国土地法大纲》呀！"我非常激动地说，"我以区自卫中队教导员的身份，现在就批准你为民兵了。你不但无过，还立了大功……"

他乐得一下子抱住了我，沾了我一身黏糊糊的中草药。

小　北　京

　　班里来个"小北京"，文文静静，像个大姑娘。一打开背包掉出来两本英文书，这把全班吓一跳。班里的圣人是班长，"大学漏子"，全班墨水属他喝得多。可他拿起来看看，一本是袖珍英汉词典，另一本一个汉字也没有，他也干瞪眼，不知是啥玩意儿。

　　"怎么把卷烟纸带来了？"这有几分奚落，也有点自我解嘲的味道。

　　"小北京"瞅瞅班长没吱声。

　　"怎么跑猫耳洞学这个来了？"

　　"小北京"就等着他这句话呢，不过也未搭理。

　　"他知道这猫耳洞可不是课堂啊！"

　　"小北京"又瞅耿他，依然只出了两只耳朵。

　　"这里死神可随时会来请人，有今天没明天的，还学那干啥？"班长似乎以一个大彻大悟的圣人身份在给"小北京"上课。

"假如死神请不去呢？""小北京"这回回了一句，平平静静，一点未动声色，就像个发问的小学生。可这一下子却把全班都造哑啦。

过两天战斗打响了，"小北京"像支出弦的箭，冲在最前边。一颗炮弹把他撂倒在那儿，揣在身上的英文书被炸得稀巴烂。班长揣摩着他九死一生了，心里很是惋惜，挺聪明个人，闹得临死也未安逸着。

5 年后班长转业到地方，在县旅游局里当了个小干部。一天，安排一批外国游客，翻译未在场卡住了，这时从国内游客中走过一个青年人给翻译了几句把事办了。咦！这不是当年的"小北京"吗？他过去一把抓住说：

"想不到你还活着，当年我还以为你……"

"嘿嘿，死神未请去。"

"你现在干啥呢？在猫耳洞学的英语，还真派上了用处……如不嫌庙小，到我们这里来吧！"

"我还念书呢。"

"啊！你到底上大学了。在哪个学校？"班长有点吃惊，心想这小子功夫终究未白下。

"哈佛大学。"

"什么？"班长一愣，在中国未听说这么个大学呀！他想了半天也未想到，便说："你是学佛学的呀？"

"小北京"笑了。

"是美国的学校。"

班长不太知道哈佛大学，可他还是吓了一跳。就眼前这个身穿夹克衫、牛仔裤、旅游鞋的"小北京"，竟成了美国留学生啦！他半信半疑，禁不住又问了一句："你在那儿学啥呀？"

"决策专业。"

"什么？"班长又未听明白。

"即研究政府、企业……重大工作决策学问的专业。""小北京"耐心地、平静地告诉他。

"啊！"班长又吓了一跳。他想北京人见多识广，吹牛也能拣大个儿的说。只是他看看"小北京"，还是当年那样文文静静，一脸庄重的神色，这也不像蒙他呀！

牛肉泡馍

"不对劲，不对劲……"

石老抗战时是个流亡学生，一路吃救济饭混到洛阳，投亲不着，告借无门，饿得眼睛发蓝。老天有眼，让他碰到了个老乡。那老乡摸摸兜，拉他到一家临街的小饭铺，请他就着灰尘，吃了碗牛肉泡馍。这碗牛肉泡馍真不知多香了，让他记一辈子。年轻时工作忙，不常想起它，现在老了，退下来没事干，动不动就想起那碗牛肉泡馍。浓浓的汤汁，不老不嫩的肉块，热汤里打个滚也泡不烂的馍片，油花、葱花漂一层……真是要多好吃有多好吃。很多次念叨给老伴儿听，老伴儿今天买了二斤牛肉特意给他做了一碗。可谁知未到嘴，一搭眼他就摇头。

"差哪儿啦？"

"这汤不一样，肉不一样，馍不一样……"

不用说了，都不一样。老伴儿有点灰心。

过了些日子，他又念叨牛肉泡馍。老伴儿想这回得按他说的下点功夫，给他做一碗。于是，买了块带骨肉，炖成浓浓的老汤，又买了块紫盖肉切成方子块，放在老汤里掌握着火候炖。炖到不老不嫩的程度，浇到已放好馍片和葱花、香油的大碗里。这虽不像浇汁鱼那样嗞啦一声，却也嗞嗞作响。这回老伴儿信心十足地端上来："你尝尝这回牛肉泡馍怎样，像不像你当年在洛阳吃的？"

他喝了口汤，吃了块肉，嚼了块馍……连连晃晃脑袋。

"不像，不像。"

怎么才能像呢？老伴儿没招了。她翻遍了有关的饮食书籍，又请教了很多人，也没弄明白洛阳牛肉泡馍到底该咋做。有人说只听说西安的羊肉泡馍，可未听说洛阳的牛肉泡馍呀！

过两年他病了，又念叨想吃牛肉泡馍。老伴儿眼泪巴巴地下了个决心，一定要给他做一次令他满意的牛肉泡馍。遍访市内饭馆，到底找到了个河南厨子，恰恰正是洛阳人。既然卧病在床的人想吃，他也就不好推辞了。

这碗牛肉泡馍端给他，并一再告诉他这是洛阳的厨师做的。他坐在床上吃了几口，便放下了碗。问他这次牛肉泡馍如何，他先摇摇头，苦笑了一下。可看老伴儿泪眼模糊地看着他，他随即又点点头，仿佛说：是这样，是这样。但不管怎样，老伴儿心里还是明白。

不久，他去世了，老伴儿哭得鼻涕一把、眼泪一把。她拍着大腿埋怨自己：竟连一碗牛肉泡馍也未给他做好！

剩下了两盒烟

　　会开完了，不多不少剩下了两盒"大箭牌"香烟。他又一次拿起来看看、闻闻，这烟果然不错，包装精美，味道清香。美国货，地道的舶来品。啧啧，一盒烟大半只道口烧鸡的价。今天这个统战会，经过特批买了一条。二三十人的一个小会，竟给报销了百分之八十……连戒了烟的老主任都开了戒。

　　为什么偏偏剩下这两盒烟呢？

　　面对这两盒烟，他犯了愁。留着吧，以后什么时候还开这样的会？招待客人，什么客人需要拿它来招待？现在正在搞廉政建设，别再引出来麻烦。分掉吧，办公室三个主任，不给谁？打开盒按支分，多笑话，那岂不太有点瞧不起领导了？来个平均主义，全室每人几支，那更不像话，既可能得罪了领导，又会招来同志们的讥笑。干脆自己揣起来，可他敢吗？这两盒烟多少只眼睛都看见了。他干了几十年工作，一向谨谨慎慎，今年被评为一等科员，三位主任都指出了他这个优点，现在他这个一等科员还能犯这个错误吗？

　　说起来三位主任都待他不错，都说他老实、勤恳，今天开会的接待工作就全交给了他。可是，眼前剩下的这两盒烟把他难住了。

　　该死！为什么不多剩一盒呢？都怪自己当时疏忽，若留个心眼藏起来一盒，也不至于使自己面对着这么一个难题。

　　他看了看其他同志们，他又往主任、副主任的办公室里转悠了两趟，可终没有想出好的办法来。

　　索性把两盒烟交上去吧！往主任们的办公桌上一放，他们愿意怎么处理就怎么处理……

　　不妥，不妥。这会让主任们怎样看他呢？整个开会的接待任务都交给了他，剩下这两盒烟还处理不了，那算个啥一等科员呢?!

　　他回家饭吃着不香，觉睡着不实，都怪这该死的两盒烟。

　　第二天机关小车司机到办公室来闲扯，一眼看到他抽屉里这两盒烟，乐了。"会都开过了，还留着它干啥？"边说边打开一盒，拿出一支抽着了。他看着干嘎巴嘴说不出话来。小车司机可是个得罪不起的角色，不光是给首长开车的，平时有个紧急用车情况谁都得求他。

　　办公室里有名的"大划拉"早就觊觎着这两盒烟了，一看小车司机带了头，也忙伸过手去打开了另一盒。"对啊，不抽白不抽。"

　　开了头就收不住口，眼看这个便宜谁不捡？真是"七手八脚"，还有往兜里揣的，耳朵上夹的。霎时间，两盒烟光了。

他对别人未拦，不太敢拦；他自己未动，不太敢动。两盒烟没了，他只感到心中一阵茫然，说不好是轻松了，还是更沉重了。

名画之争

　　都说著名画家胡老先生临终前办了件糊涂事。他送给领导一幅画，只写了"张主任雅正"，并未写上名字。而他的领导又有两位张主任，一位是市教委的张主任，他是美术学院的教授，正是他的顶头上司；另一位是市人大的张主任，他又是市人大常委会委员，也同样是他的领导。那么他这幅画到底是送给哪位张主任的呢？

　　市教委张主任说是送给他的，他在老画家生前不止一次向他求过画；市人大张主任说是送给他的，他也在他生前多次向他求画。

　　为了查清这件事，便把老画家生前会客的记录簿子翻了出来。老画家晚年有个习惯，会客时都由子女们记下，某年某月某日某人来访，何事。一查两位张主任都有借看望的机会，前来求画的记录，而且确也不止一次。老画家的国画在国内外都有名，求索者甚广，但老画家秉性耿直，从不媚俗，特别是到了晚年，作画无多，所以他的画轻易是不肯出手的。现在也许是为了荫及后人，使子孙有托，才拿出这幅画来敬赠领导。可为什么只是一幅，而又未写上名字呢？留下这么个哑谜是何用意？这使人多难于处理呀！

两位张主任谁也不肯相让，因为这幅画太金贵了，人在还可再画，人死何能再得？！老画家死后，售画的价格马上翻了一倍还多。

这事怎么办才好？市里组织上也不好过问，这原属私事，又都是领导，谁肯来管？老画家的家属更不好表态，宁可都不送，也不敢得罪哪一位。两位张主任自然又憋气，又着急，可还能为此诉诸法律吗？那岂不是自己出自己的洋相？

正在万般为难之际，老画家生前最喜欢的孙子放暑假归来，他听了对家人扑哧一笑说："这有何难，再画一幅也就是了。"于是，拿起笔来便又画了一幅，并同样署上"张主任雅正"，下落老画家的名字。家人看了与那一张一点不差，至此全家早已心领神会，不必再为此费心周旋了。在送画时说，这幅与那幅都是老画家画给领导的，只是一时疏忽未能找到，致使领导着急，添了许多麻烦，甚为过意不去，云云。

两位张主任这时皆大欢喜，千恩万谢地表示感激之情。都说老画家一向待人忠诚，处事周严，岂能做出那等糊涂事来！这原不过是我们自相烦扰罢了。

鲤鱼翠花

江中盛产鲤鱼，江畔城中就多烹鲤高手。鲤鱼张、鲤鱼王……竞相挑幌争客。但其中拔头筹者，竟是鲤鱼翠花。

鲤鱼翠花心灵手巧，从小就跟爹学得一手烹调功夫。爹未出名走了，她十八九岁就技压群芳，名噪江城了，一条鲤鱼她能做出十几样菜来，尤以浇汁鲤鱼最为拿手。

少华刚来城里中学任教，慕名来吃鲤鱼。翠花见是戴中学校徽的老师，便有几分敬重，更兼少华年轻洒脱，倜傥不俗，就又加几分喜欢。她做好后，一手鱼，一手汁，麻利把鱼放到桌上，把汁浇下去，只听一阵阵吱吱响声，这道菜便最后完成。鱼色金黄，外焦里嫩汁液鲜亮，各种菜丁五颜六色，味美香浓，真够得上色、香、味俱全了！一看便可勾起人难以抑制的食欲，绝啦！

少华连说："好鱼，好鱼！"

翠花忙说："献丑，献丑！"

少华一惊，止不住把视线的聚焦点移到了翠花身上。好个鲤鱼翠花，鱼和人都很不一般。这书呆子看人没深没浅，直看得翠花满面绯红，不由得一笑回到灶间。

从此，少华便常来吃鱼，吃遍了翠花各种不同的鲤鱼佳肴。一日，不知话头由何引起，翠花说："吃得鲤鱼，得跳得龙门。"

少华又是一惊，知这是颇有抱负的女子，便说："你看我如何？"

"我看跳不了。"

"怎见得？"

"如跳了龙门早忘了做鱼之人啦！"

少华心中猛然一热。言者有意，闻者动心。翠花这份感情可该怎样对待？

不料，时隔数月少华竟未来吃鱼，翠花很是心焦，想准是自己的那句话使他沉心了。这天，正值例假腹痛，在灶间里休息，来了个蓬头垢面、衣着不整的青年人，要一浇汁鲤鱼。别人做了给端出去后，那人皱眉头说变味了，一箸未动就走啦！翠花听了很是蹊跷，连忙撵出去，直至一座公厕旁，才见是少华。他为何落到这般地步？忙说请他回来再重给做一条。

少华双手一摊，你看我这身还进得了鲤鱼翠花的饭店吗？然后便扬鞭赶着粪车走了。原来在一场混沌的"运动"中，他被打成了"右派"，下放到郊区农场里改造。

翠花很是心痛不安，多次到公厕这儿来等他，可终未等到。她便做了一条浇汁鲤鱼，用暖盒提着给送到了农场。农场保卫科竟像捕获落网猎物一样把她抓了起来。

"你是他什么人？"

翠花一时情急竟脱口而出：我是他的未婚妻。"

"好啊！你老实交代，他跑哪儿去了？"

翠花这才知道少华已打农场跑啦！心中又喜又忧。不过，为此一言出口，她捡了顶"右派分子"加逃亡犯未婚妻的帽子，竟被审查了半年之久，闹得风雨满城，亲友惶惶。鲤鱼翠花竟是个如许人物！有的人同她接触都有点打怵了。她由此吞下了一颗痴情的果子，一心等待着少华，也想人早晚会回来，回来把话挑明，只要他不嫌，不管他如何，她都是他的人了。

一年，两年，……她苦苦地等待着，亲友都劝她死了这股肠子，何必自误青春，自寻苦恼？如此一厢情愿，人家又不晓得，这冒的哪份傻气呢？

岁月如流，一晃二十多年过去了，生活发生了巨大变化。鲤鱼翠花成了望江楼酒家的经理。经人撮合，鲤鱼翠花与饮食服务公司一位鳏夫结婚。亲友们都为她高兴，蹉跎这么多年总算有了归宿。

可就在她新婚不久，一天，望江楼忽然来了两位外宾，她自里间往外一看差点晕了过去，那仪表端庄的美籍华人学者，不就是当年的少华吗？！再一看他身边还有个碧眼金发女子。她想这人终于跳了龙门，还带了个洋娘们儿回来啦！幸好自己还未痴心到底……想到这里她整整衣服迎了出去。未想到她刚过去就被异常激动的少华抱住了。

"让你受累了，我不久前在国外听到很是不安……多年音信隔绝，我一直在学海里苦苦挣扎，什么都未顾得上……有幸未负你当年之言。这次趁到中国讲学，特来……"少华已有些哽咽了。

　　"那……"

　　"这位是我的秘书。"

　　鲤鱼翠花一下子被钉在了那里。

半拉傻瓜

朱老大憨厚，木讷，心眼热，肠子直，人说脑细胞有点不全，被称为"半拉傻瓜"。在镇中心小学当校工，看钟打铃丝毫不误，一干十多年，把只铜铃把都摇细了。"丁零——丁零——"他摇铃不急不缓、又响又稳，有股子特别引人注意的声音和力量，而且一摇30秒，一点不多一点不少。这叫粗活细做，是他朱老大的功夫。可别人都笑他呆，这随便打打铃的事，何必伤这么多神？这不有点冒傻气嘛！

他住在校门旁的一间小屋里，一铺炕，一个炉灶。就因为傻，三十来岁还未混上个老婆，学生常到他这个小屋里来玩，叫大爷、叫大叔的都有。他们在他这里打打闹闹，像麻雀儿似的吵作一团，他也不烦。特别是冬天外边冷，一下课他这小屋里就盛满了孩子。他烟不抽，酒不喝，瞅着生气勃勃的孩子们就是个乐趣。

镇中心小学的学生有些家住四乡，遇有雨雪天气，有的小男孩儿回不了家，就挤到他这铺小炕上来。

一天，一个女学生脚崴了，回不了家，又走不到别处去，同学们把她也抬到他这铺小炕上来。他心一惊，这行吗？他这铺炕上从来未睡过女孩子呀！但看她肿起来的脚，他心疼起来，怎好把她赶走呢？她还是个孩子。于是，他便把过年时侄儿拿来的那瓶二锅头白酒，翻出来打开瓶，用自己的手巾蘸着给她抹在脚上，然后给她揉了起来，揉得女学生直呻吟，他还不停地揉。他懂得揉好了可以舒筋活血，肿消得快。他办啥事都有这股傻劲。

女学生叫柳小玉，是个孤儿，生活中很少温暖。朱老大这样为她整治，虽然疼点心中却很是感激。

女学生是三年级学生，可已10岁了。他有些顾忌，把自己的破棉被给女学生盖上，便披了一件棉大衣到院子里去转转，转转累了就回来在椅子上坐着，听女学生轻微的鼾声，他心里很是舒坦。

女学生一睡一宿，第二天早上醒了，看他还在椅子上打瞌睡呢，很过意不去。她天真地问：

"大叔，你怎么不上炕睡呀？"

"这儿……这儿挺好。"

可学校却为此轰动了起来，一个女学生在光棍子朱老大小屋里睡了一宿，这还得了！校长查，书记问，闹得翻了天。

"你夜里跟女学生一块儿睡了没有？"

"一块儿睡了。"

"啊……你赶快老实交代！"

"她在炕上睡，我在椅子上打一个盹儿。"

"好你个半拉傻瓜！现在你还要花腔……你说你到底奸污了她没有？"

"我没有。"

"你看着检查出来就崩了你!"他一听说要检查女学生,慌了,他觉得这样检查,太糟践人、侮辱人,这得给那么个小小的孩子,身心上造成多大创伤呀!

"不许动她!怎么办我都行。"

"那你承认啦?"

"只要不动她,定个啥我都顶着!"他说得斩钉截铁。

就这样,朱老大这个半拉傻瓜,在那混沌的岁月里竟稀里糊涂被判了10年徒刑。待柳小玉16岁那年,她进工厂当了工人,知道因为自己借宿害了朱老大,也给自己抹了黑,便向法院起诉,为朱老大翻案。法院经过调查也觉得原来定案不实,又根据柳小玉诉状所提出的,对柳小玉做了一次检查,证明她现在还是个处女,这桩冤案自然就得到了纠正。柳小玉对朱老大是又感激又埋怨,其实检查检查算个啥?当初若让检查了,何必押了这些年呢!真是个半拉傻瓜!

朱老大出狱后照常在中心小学当校工,只是不打那个铜铃而按电铃了。校长、书记也都换了人,学校说了几句安慰话,补助了几百块钱,这五六年监狱就算未白蹲。

柳小玉这时已是大姑娘了,常常来看他,帮他缝缝洗洗和收拾屋子做饭,就像在自己家里一样,什么都干。他知道这是报他的恩呢,可他比当年她在这儿借宿时还不安。只是柳小玉什么都不怕,对他的顾忌全不当回事。

新年前柳小玉给他送来一本挂历,那上面都是搔首弄姿的大美人。

"这挂得吗？"

"挂得，人家挂得，你怎挂不得？"柳小玉这个小青工，在小镇中早吸收了新潮气息。

一晃，朱老大四十多了，柳小玉也二十出头啦！朱老大只感到柳小玉对他越来越热，热得让他直发毛……

这天晚上，朱老大正捅他的炕炉子呢，一阵风，掀开了门帘子，柳小玉夹了一床被褥、一对枕头撞了进来。

"我……我这儿被褥、枕头还能用……"

柳小玉的脸红扑扑的，在几分羞涩中透着一团喜气。她久久地瞅着朱老大，朱老大给闹蒙了，不知今晚她这葫芦里卖的什么药。于是，就又说一遍：

"我……我这儿被褥、枕头还能用……"

"今晚我要睡在你这铺炕上。"

"啊！"朱老大吓了一跳，脑袋嗡的一下子，"这怎行……"

"这怎不行？"

"这还不得再给我判 10 年刑啊！"朱老大差点抱着脑袋哭了。

"你这半拉傻瓜！"柳小玉一下子抱住了朱老大，在他那憨厚的脸上猛吻了一口，然后轻声柔气地说："我已不是三年级小学生了……"

朱老大一愣，半天没缓过劲来，这回倒真落了眼泪。他说："小玉呀！我跟你年龄差一大截了，你可图个啥？"

"我就图你个傻！"柳小玉贴着他耳根子狠狠地说。

染　发

今天，她大吃一惊。

她丈夫可是个正人君子，在言行举止上，一向都是比较严肃的。平时遇到生人，特别是不相识的女人，只是用眼稍微瞄一瞄，很少像今天这样眼神凝聚，逮住人家不放的。那个年轻女子就坐在他们前边，一头富有光泽的长发，像软缎一样垂在座背上，再配上那白皙而又粉红色的面孔，确实煞是喜人，可丈夫也太露骨了。

丈夫这个举动，使她觉睡不好，饭吃不香，干活都没劲了。于是，她下定决心，染发！她刚刚人到中年，可不争气的头发却过早地衰老了，不知打什么时候，刺眼的白发竟在黑发中悄悄地爬了出来，好似魔术师在暗中给变的。开始时她对着镜子偷偷拔掉，为消灭这个岁月的敌人，挽救一头青丝，她不知吃了多少何首乌。有加冰糖水煮的，有与黑芝麻一起熬的，有在老母鸡中清蒸的，有配上猪手来炖的，当然也有用酒泡的……总之不管怎样做，中心都是吃何首乌，都说靠它永葆青春，可在她身上却回春无力。

她每见年龄相仿的朋友有一头乌黑迷人的秀发，便无比羡慕，甚至有些嫉妒，不过，时间一长，交往深了，朋友们就会告知那是用染发剂来欺骗眼睛和镜子的。一瓶药水马上就能换回来青春，这对她简直具有不可抗拒的诱惑力量。

她买了一瓶高性能的染发药水和一些染发的用具，但是，她却没有轻易开始，药水摆在梳妆台上，一放好几天，说明书看了一遍又一遍，几次拿起来药水又放下，仿佛那是一副毒药，像要服毒一样踌躇不决。她痛恨岁月无情，她深感心境中有些难言的苦楚。她知道这瓶药水只要动用了一次，就必须动用第二次、第三次，一直接连使用下去，不然就会前功尽弃，还有更难堪的暴露。使用它，如同上了贼船一般，一旦上去就没法再下来了。恼人的岁月呀！今天看了丈夫这令她惊骇的目光之后，她终于开始染发了，她要把丈夫的目光从别的女人身上招引回来。她用的是墨黑发光、含有自然发香气味的染发剂。她精心细致地把每一根头发都染到，白的让它变黑，黑的让它更黑，黑得个油光水亮。20 年前的青春又重新爬上头来。从此，太阳落不落，对她都没有关系了，真太棒啦！染好之后，她特意含而不露地在丈夫面前亮亮相，有事没事走动了几次，可出乎意料，她这头倒转了时光的秀发，竟未能引起丈夫的注意。

在外出时，她特别从旁仔细观察丈夫目光的聚焦点，竟然还在那些散发青春气息的人身上。

误 区

东屋一对年轻夫妇。男人溜光水滑，白白净净，一搭眼很像是个有知识的人，可不知为什么老打女人。女人温顺、和气，有几分腼腆，见人总是先笑后说话，家务活全落在她身上，没黑没白地忙。男人衣来伸手、饭来张口，是个油瓶倒了都不扶的角色。但对女人经常挑三拣四，非打即骂，不出三天就得听到男人的打骂声、女人的哭泣声。有时夏天女人出来也用纱布裹着脸，细心人隔着纱布都能看到那脸上的巴掌印子已肿得老高了。

唉，真作孽！哪有这样欺侮女人的?!许多人都为女人鸣不平。

女人有时背地里诉诉苦，骂她男人不是人，是畜生！一点没伺候到就打就骂……哎呀！这都啥年月了，咋还这样呢？全楼人都对女人既同情又抱怨，都说你不伺候他，看他怎样？女人唉了一声说，那还得了！楼里人便不免把这女人看成是个格外软弱的窝囊废。

西屋里也是一对年轻夫妇。男人黑不溜秋，粗粗拉拉，是个李逵型人物。他对此早看不惯了，他说有机会得"修理修理"对门这小子，把这条整日里揍自己娘们儿的光棍，给他撅了！女人也说对，也好给那个窝囊废的"半边天"出出气。

这天，东屋男人又打女人。女人先是哀哀地哭泣，后来变成惨叫。西屋男人忍不住推门闯了进去，大声喝止男人，扶起被打倒在地的女人。那男人先是一愣，随即疯狂扑过来，揪住西屋男人拼命。怎奈他不如西屋男人粗壮，三拳两脚就被打翻在地，挣扎着起不来。西屋男人在他身上踏上一只脚，高举拳头，仗义执言："你以后再打老婆，我这拳头可是个黑脸的！"

他很得意他帮助了一个软弱、窝囊的女子。可就在这时，脑后被一根棒槌猛击了一下，直打得他头晕目眩，金星四迸，好险没有栽倒在那里……他定定神回头一看，只见他刚才扶起来的女人，早收住哭，一改往日的温柔，横眉怒目，咬牙切齿，手里的棒槌还在举着呢！

闪 电 战

她，是个争强好胜、不服输的角色！在她眼睛里，天底下没有办不到的事。

不知什么时候，她看中了个穷助教。有人问喜欢他啥？她说他胸前那块红牌子。她管他叫"教授"，这里有几分戏谑，也有几分恭维，还有几分说不好的甜情蜜意。总之，她看不起与自己一般高的同行，偏偏要找个高档次的人物。

可"教授"挎着女友，两人亲亲热热、甜甜蜜蜜地从人行道上走过来。她看了眼里直冒火，忙放下手里的活计，整整衣服迎过去。她半脸酸，半脸甜，还多个半脸是挑衅。她先狠狠挖了"教授"两眼，"教授"忙不迭颔首致意，她则宽厚而诡谲地一笑。这使"教授"女友大吃一惊：这是怎么回事？浑身每根汗毛都警觉起来。

待擦肩而过之后，她走了两步又回过来喊住了"教授"。她神秘兮兮地招招手，等"教授"走近了，她才用不轻不重带点怨艾的声调说：

"别忘了，你的裤子还在我那儿呢！"

"知道了。""教授"忙点头说。

这时她得意地瞅了"教授"女友一眼，便噔噔地走了。

"教授"女友是个自尊心极强的女孩，从来没经过这个场面。此刻她脸色都变了，她指着"教授"的鼻子说：

"你说说清楚，你跟她是什么关系？"

"什么关系？""教授"蒙了，"没什么关系呀！"

"那，你看她对你那个劲……你连裤子都留在人家那里，还没关系呢？你别蒙我啦……"女友早已满心狐疑，待他这么一说之后，便气炸了肺，撂下几句话不待解释，一甩袖子，走啦！

过了一会儿，"教授"带着满腔愤怒的怨气来到了她的洗衣店。她早梳妆打扮、衣着鲜亮、满面笑容地在那儿等着呢。

"教授"一见，怦然一惊，这女子果真艳丽动人，这时，怎么看怎么打眼，心中的气便在这个诱惑的面前丢失了一半。

"你怎这么闹着玩！"

"'教授'，小女子可未说一句题外话呀！你的裤子不在这儿呢吗？看看连开线的地方我都给缝好了……"她极其温柔、妩媚地笑着把裤子递了过去。

"哎，弄得她都生气走了。""教授"心中一热一甜，气便都消了，把个埋怨的语气都变了调。

她扑哧一下笑了。

"这得告罪啦。不过，'教授'为这点事还值得垂头丧气吗？要轧马路，来，我陪着你……"她未待说完便甜甜蜜蜜地笑着把胳膊伸到了"教授"的胳膊肘里……

三奶奶与狗皮膏药

三奶奶年轻时生得水水灵灵，两个鼓溜溜的大奶子很招风，一着面规矩人也多看两眼。村里有些不太本分的青年人，竟然起誓发愿非要摸摸不可……据说那时三奶奶相好的也有仨俩的。

不知怎么搞的，三奶奶那招蜂引蝶的大奶头里，突然生了个疙瘩。开始不痛不痒，只有杏核大，自己摸得，男人也摸得，不以为意，只想用热毛巾敷敷就好了。谁知那疙瘩越敷越大，而且疼了起来。

三爷请来张半仙，张半仙是个巫婆。她风风火火跳了一阵大神，贴着三奶奶耳根子说：

"你年轻时遇到了色痨鬼，叫他摸去了，所以才起这疙瘩……"

她把三奶奶的脸说得红了又白，白了又红，差一点发作起来。

临走时张半仙给画了一道符，抱走了一只芦花大公鸡。

"狗嘴里吐不出来象牙。真神哪会在这个烂污货身上附体！"

三爷套上了老马车，把她拉到了镇上，请药铺的坐堂先生给看看。老先生先号脉，后看患处，皱着眉头，不凉不热、不咸不淡地说：

"这地方血脉密集，不可刺激太多……"

直说得三奶奶脸上有些燥热。

抓了两副汤药，喝了也无起色。三奶奶忽然想起狗皮膏药，她听老人讲过狗皮膏药灵，唉，怎忘了它啦？

可是，王二麻子的黑狗乌鸡膏药贴了三四贴未止住疼，赵一贴的白狗珍珠膏药贴了三四贴也未挡住疙瘩的发展。

三奶奶好个纳闷：这病真怪，怎么狗皮膏药都不灵了？

疙瘩越来越大，疼痛也越来越厉害。实在挺不住，三爷就给她到处去讨大烟灰喝，那玩意儿喝下去能顶一阵子。

就在这时忽听说学院四海堂的狗皮膏药最管用，那是家传秘方，专用无杂毛的狗皮熬成的，那才是真正的正宗货，只是贵一点。有道是一分钱一分货，药好自然价钱高。

三爷东挪西借，一狠心又典了村边的二亩地才凑足了40块大洋，到学院抓了四贴四海堂的膏药回来。

"这太贵了，花这么多钱……"三奶奶心中很是不忍。

"唉！只要好了病，花多少钱都值得。"三爷说得很豪气。

三奶奶心头一热流下了眼泪，越这样她越不安。

三奶奶贴上了膏药，只觉得麻酥酥、凉丝丝的，疼痛轻多了。药力果然不同，这40块大洋没白花，四海堂的狗皮膏药就是管用。

三爷逢人也说："还是四海堂的狗皮膏药抓得，真拿病。"

怎奈，狗咬猪尿泡——空喜欢了一阵子。四贴膏药贴了之后，病并未真好，而且大发了起来。三奶奶越来越消瘦，人都脱了相，每天疼得死来活去，就靠大烟灰支撑着了。

这时有人说："四海堂的狗皮膏药也一样是糊弄人的。"

连三爷也有些后悔了："去他的狗皮膏药！白花花的大洋都打水漂了……"

三奶奶也很难过，她怕三爷窝火，便宽慰说："话不能那么讲……我得的是绝症，全仗狗皮膏药才活了这么久……"

三奶奶不行啦。临终她望着三爷流下了几滴眼泪，嘴唇微微动着招呼三爷：

"当家的……当家的……"

三爷把耳朵紧贴在她的嘴唇上："你心里有啥话就说吧！"

三奶奶以极其微弱的声音在嗓子里说："当家的，你别怪四海堂的狗皮膏药啦……我来世做牛做马也报答你……"

三爷心中一阵苦楚，除了轻轻点头，不知说什么是好。

三奶奶就咽气了。

腊八这天

日本投降后我们去东北，到达承德正赶上腊八。

"腊八、腊八，冻掉下巴。"老广一路嚷着闯了进来，他那顶棉帽子的脑门上挂了一层霜。他边拍打帽子边骂："东北这鬼地方，冻死人不偿命……"

老广是我们这支干部队伍中唯一的一个广东人，在延安待了四五年，讲普通话还带着浓重的广东腔，我们这些人就都管他叫"老广"。老广三十来岁，人很和气，爱说爱笑，心肠也挺热，跟大家处得都不错。

他很亲热地同我说："小许，走，到我那儿过腊八去。"广东人会吃、会做，我想他一定准备了些好吃的。

他住在一幢日本人走后留下的空房子里，一拉门便闻到了一股冲鼻子的肉香味，咦，这家伙做了啥？待我走进厨房，一眼看见扔在地上那张小花狗崽的皮，我呆了！

我们进入承德前，住在城边上一户人家时，看到那家有条母狗，下了一窝黑白交杂的花狗崽，甚是招人喜爱。东家讨西家要，就剩一条了，家中有个十三四岁的女孩说什么也不肯撒手了。她精心饲养，小狗崽长得毛茸茸、胖乎乎，她成天当个宝似的逗着玩。

我一见也爱得不得了。老广抱起来掂掂说："这小狗崽真太肥了，足有两只老母鸡重……"

我跟小女孩很好，常抱起她的小花（她叫它"小花"）亲亲，老广也就跟着抱起来掂掂。

"小许，你能不能跟她说说把那个小狗崽送给咱们？"

"你真会寻开心，过路干部到哪儿未定，要那狗崽干啥？"

"我带着……"

"你咋不自己说呢？"

"你们本乡本土的好办事。"

没想到老广还这般爱狗。由于平素他对我很关心，我同房东一说，房东一口答应了。我想人家可能是出于对我们这些抗日干部的尊敬，不好意思拒绝。只是那女孩很舍不得，那天连饭都未吃，看着我们把小狗崽抱走，眼泪直往下掉。小狗崽在我们手里也望着女孩不住地叫，这闹得我心里也很不是滋味……

真未想到老广竟把它给杀了！我脑子立刻涨得老大，头上青筋暴跳，禁不住上去打了老广一拳："你太不像话啦！怎么这样干呢？人家那是心爱之物，送给你了……"

"唉，我原来要了就是要给大家打牙祭的……我们一路上也够清淡的了。"

这完全想得两拧了。

没料到正在这节骨眼儿上，房东家的小女孩跑了五六里路找来了，她一身霜，小脸冻得通红。她气喘吁吁地说："好不容易找到你们，今天过腊八，天气冷，我给小花做了件小棉袄，给它穿上，别把它冻着……"说着拿出那带四条布带、能绑在小狗崽腰背上的红花小棉袄……

我们一下子都傻啦！

"这儿还有个带馅的小窝头，今天过腊八了……"女孩又提了句腊八，边说着边从衣兜里掏出来一个鸡蛋大的小窝窝头。"小花、小花！"小女孩十分亲昵地呼唤着。

我眼前一片空白，老广成了根木桩子啦！我们全像被雷击了一般……

鼻子逸闻

我们处座一表人才。浓眉大眼睛，高鼻子大耳朵。五官安排得十分得体，特别是隆起的鼻子更引人注目。它不是蒜头鼻子，不是鹰钩鼻子，也不是酒糟鼻子……什么鼻子？不好描绘，总之挺受看，挺庄重，挺威严的一个大鼻子。它陡峰峻岭，是处座面部的一大景观。但包子有肉不在褶上，处座的鼻子不光外表上壮观，主要是灵敏度特高。

你看这不，一进办公室就闻到了人家提兜里有葵花子。

小丁，带葵花子来了？

小丁打开手提包，拿出一个封口的塑料袋来，那里确实装着"瓜子大王"的葵花子。咦！处座，你这个鼻子可真不得了，是怎么训练出来的？小丁可是个不白给的女孩子，她这句话怎么想都行，足够处座琢磨半年的了。

处座年近五旬，毕竟是块老姜了。他不忙正面回敬，却走近小丁笑着说："今天你这小姐身上可有点异味呀！"

"啥味？"

"不好说。"处座故意卖关子，越这样才越吊胃口。

"你说，你说！到底啥味？"小丁是个遇事不饶人的角色，全处有名的野山椒，辣得很！

"一定要说？"

"一定要说！"

说了你可别挂不住劲。

小丁知道处座对她的话要报复，早知猪嘴里吐不出象牙来，便半真半假小脸一拉说："我告诉你处座，你可是一处之长，你若欺侮咱这小科员，我可要刮你的鼻子……"

啊，刮鼻子这还得了？处座赶紧转了个弯子说："哎呀！小厉害（没敢叫野山椒），我没有坏话，只是说你今天肯定洒了外国香水……"

这当然是谎话，如果仅仅是这样一句话也就不致这样难于出口了。原是想说，小丁，你的身上有男人味。可对于一个未婚的女孩子开这样的玩笑，就得掂量了。在上下级之间，即使是句玩笑话，也有点出格，万一野山椒撒起泼来，也够他喝一壶的。

处座对野山椒没敢说的这句话，不幸却说给了自己的老婆。一次出差回来，他照例要跟老婆亲亲。不亲犹可，一亲竟闻到了一股异味，他未加思索，马上跳了起来："怎么，你身上有男人味？"

"什么？"老婆一惊，也跳了起来。

"你身上有男人味！"他又重复一遍。

老婆哪里受得了，马上发作起来："你给我说清楚，哪个男人味？"老婆连哭带闹，"我在家一心盼你回来，谁承想竟遭你这般污辱！我们夫妻这些年连这点信任都没有？好啊！你当着儿子的面给我说清楚，把那个男人给找出来。"

处座这时才知自己有些冒失了，这上哪儿说去，即使闻到点异味，也无法辨别是谁呀！他慌忙赔礼道歉说："我是说着玩呢，你怎么拿个棒槌就当针（真）了……"

"还有这样说着玩的？你拿你老婆也不当人啦！"老婆还是哭闹不止。

处座没招儿了，只得一条腿跪了下来说："看为夫给你下跪了……"

老婆这才破涕为笑，用手指一戳他的鼻子说："你这训练警犬出身的人，竟被四条腿的同化了不成?！"

这骂得处座心惊肉跳，难道自己真……

这时恰巧处里有人来找他办事，竟被隔着门听了去，于是，在处里便传开啦！大家终于摸到了底，怪不得处座的鼻子这样长呢！

小丁这回捞到了把柄，就到处宣扬处座鼻子的逸闻。

鸽 子

他养了一群鸽子，有白色的、有灰色的，有灰白相间两色的。鸽子善良、温和，又娇小、秀气，嵌双又圆又亮的眼睛，不停地咕咕叫，分外惹人喜爱。它们时飞时停，时进时出。有的给拴上哨子，动听的鸽哨声便不时划过晴空，给人一种祥和、喜悦的感觉。他喜欢它们，他家中人也都喜欢它们。

原来鸽子窝是放在房檐下的，一天夜里有五六只鸽子不知被什么咬死了，爸爸说不是野猫就是黄鼠狼子。他恨死了野猫和黄鼠狼子，就把鸽子收进到封闭的阳台里边。早上打开小窗户它们便一只接一只飞出去，晚上又一只接一只飞回来。

小白、小黑、小树叶、小雨点、小雪花、小石子……他给鸽子都起了个好听的名字。

鸽子越繁殖越多，于是，他便有了一群鸽子。一天，一只鸽子的翅膀被人打伤了，不能飞啦。他给它上药，爸爸看看说治不好了，便把它杀掉做了菜。爸爸吃得很香、很香，让他吃，他把脸扭过去掉了眼泪。

　　过几天又一只老鸽子飞不动了，爸爸也杀掉就着酒吃了。他请爸爸别杀鸽子了，他说鸽子是人的朋友。爸爸说鸽子就是给人吃的，现在街里的餐馆都用鸽子肉做菜。他从学校里拿了一本画报来，那上面外国的公园里、街头上鸽子都跟人非常亲近，围着孩子玩，落到行人肩上……爸爸说看那做啥？那是洋人……何必干啥都跟人家屁股跑呢！

　　爸爸吃鸽子越吃越上瘾，动不动就想吃一只，他一着急便把鸽子都送给了一位家住郊区的同学，他想给鸽子找个安全的家园。

　　送走了鸽子他总感到空落落的，他很想念他的鸽子。隔些日子，他决定到同学家去看看他的鸽子。一进门他就亲昵地招呼他的小树叶、小石子……但未听到一点鸽子的声音。

　　他的同学迎出来一脸愧色，很为难地说：鸽子没啦！

　　咋？

　　都叫俺爹卖给街上的餐馆了……还剩两只幼鸽，你赶快拿走吧！

老子和儿子

邱五爷是个瘫子。怎么瘫的不清楚，总之是个成年累月不起炕的半废之人。

偏偏老伴早走了，儿子又当兵去啦，只有个儿媳妇侍候他。有道是"久病床前无孝子"，儿媳妇早厌烦透了，可他毕竟是个有口气的公爹，也就只好勉强照顾。

邱五爷的日子很难过。

这年，日本鬼子占领了沈阳，儿子匆匆忙忙跑了回来。他穿一身灰军装，打着裹腿，扎着武装带，戴着顶大盖帽，满神气，据说还是个小排长。回村后人们有褒有贬，不过，都说儿子回来邱五爷的日子好过啦！

可谁知邱五爷却不住嘴地骂："国家遭难怎么还往家跑?！"

"回家来侍候您老。"儿子说。

"扯淡！"

"自古忠孝不能两全。"儿子又说。

"放屁！"

儿子是逃兵，说侍候他实乃遮羞之借口，回来后把他扔到一边，成天跟媳妇在一起起腻。村里人都说这小子准是离开媳妇久了，馋急啦，哪里还顾得上老爹！

邱五爷心里明白，嘴上不说。时局迅速变化，日本鬼子很快占领了东北，建立了伪政权。儿子吓得要死，那身灰军装成了心病，他要烧掉。邱五爷一瞪眼说："你留着它！"

儿子说："那怎使得?!"

"放在我铺盖底下，鬼子来我顶着。"

果不然这天一个鬼子进了村，要找花姑娘，不巧闯进了邱五爷的家。儿子差点未钻进炕洞里去，可鬼子未理睬他，一把抓住他媳妇，当着他和邱五爷的面要强奸她。媳妇连哭带嚎奋力抗拒，鬼子不得手，就指令儿子帮他扒衣服。儿子早没了魂，呆在那儿不知怎么办好。鬼子一声大喝，用枪指着他，他就帮着鬼子扒媳妇衣服了。媳妇气炸了肺，一头撞倒了男人。可她终敌不过两个男人，衣服还是被扒光了……

邱五爷这时闭着眼睛一动不动，躺那儿像个死人。可就在鬼子脱下衣服，准备踩蹦儿媳妇时，他突然从裤子底下摸出一把杀猪刀来，鼓起全身的力量，把它从背后刺进了鬼子的心脏。

鬼子死了，儿媳妇解脱了，儿子却吓傻啦！他说："这可咋办？"

"来，我告诉你……"邱五爷喘息未定，他对儿子说。

儿子近前，他猛然攀住儿子的脖子，一口把他的鼻子咬了下来，然后连鼻子带血一口喷在儿子的脸上,犹未满足恨恨地说："太便宜你啦！"

　　邱五爷终因用力过猛，震动过大，心力竭尽，死了。死后村里人在给他入殓时，把他铺盖底下那身灰军装给他穿上了，他竟在死后成了个东北军。

　　儿媳又惊、又吓、又恨、又羞……强烈的刺激使她疯了，她终日披头散发时哭时叫，饥寒不顾，冷暖不知。见到男人就吓得要命，不住地喊鬼子！鬼子！终于经受不住折磨，跪着死在邱五爷的坟前。

　　只剩下个儿子，还没鼻子没脸地活着。

老局长学画

老局长离休了，门庭自然冷落下来。过去许多人围着他像走马灯似的转，现在就剩下这么一盏火焰不旺的孤灯了，他实在有些寂寞难忍。于是，看人家无事作画，也紧步后尘，开始学画。这并非要附庸风雅，只是排遣孤寂的一种需要。可惜原无任何这方面的知识和修养，拿起笔来真不知如何涂鸦。他请了一位中学美术教员当老师。这位教员也有些书生气，拿个棒槌就当针，他想起一位大画家从画蛋学起的故事，就说：

"您先练练基本功，从画圆做起吧！"

"画圆？不就是画圈吗？那没有问题,我画大半辈子了……"老局长心想这太容易了。

"真正画成个圆也不容易，您先画画看。"美术教员很平静地说。

老局长很快画满了几张纸，拿去请老师过目。

美术教员看看笑了。他说："老局长，我说了您可别生气。"先告了个过，才接着说："您画的都是过去在公文上画过的没有深思、没有勇力、没有责任感的圈。您看，这笔画好像未沾纸似的，躲躲闪闪，一带而过，这种圈不是绘画所要求的圆。"

"啊！……"这些话老局长可是第一次听到，大出意料之外，不由浑身发热，毛孔沁汗。

"请您千万别见怪，我们当教员的都是教鞭的肠子，有什么都直来直去。"美术教员见老局长"啊"一声，又告了一次过，然后才指着一幅图画说："您看看这位大画家画的鹰，它的眼睛是圆的，这跟您画的圈有多么不同。您就要画这种有思维、有生命、有性格、能够活起来的圆……"

"嗬！好家伙！"这位书呆子美术教员的一席话，直把老局长说得遍体生津，热汗淋漓，但也顿觉耳目一新，开始明白画画之不易了。这时方感过去只念"官场"的一本经，生活面太窄，知识底子太薄了。现在只好人家怎么说，就怎么听着了，即使借题发挥，敲打几句，也得忍着啦。

几天后老局长拣了几张画圆的佳作，送给老师看，老师说有进步，可是圆度和力度还嫌不够，手还不熟，有点发颤，如能像过去画圈那样老练自然，一挥而就就好了。

老局长很佩服老师的眼力和意见，他想再难也要把圆画好。过去画了大半辈子没声音的圈，手脖子无形中是被人家把着，现在学画，这个圈是属于自己的创作了，怎么还画不圆呢？

想到了这里不免暗暗憋了一股劲。他找来了圆规，先用它画了一些大小不同的圆圈，然后铺在下边自己描帖。一天，两天，十天，一个月……终于越描越熟，手不颤，笔不抖，离开帖也画得差不多少了。他又拣了一张送给老师看。老师看了说好；

不过又说这是酒虫的圆，不是鹰眼的圆，只是一条圆线，不是一个较宽的黑圈，缺少向外舒展的力度……

老局长这回干脆到公园里，照着鹰眼睛画。他仔细观察鹰的眼睛，那是一个立体的闪光的圆，一个具有攫人力量和尽收宇宙万物于眼底的圆……这是鹰的生命之所在。于是他的思想豁然开朗，画的圆也终于活了起来。书呆子老师自然也非常高兴，说他这项基本功的练习是以优秀的成绩完成了。

"拿酒来。"老局长十分欢喜，他差一点没抱着老伴儿"啃"一口。

"这又抽的什么疯?!"

"你看看，你看看。"老局长拿着那画圆的作业，就像拿着一张奖状一样。

"我当啥呢!"老伴儿一撇嘴说，"你已经不工作了，还练这干啥?"

"这扯哪儿去了? 我这是给自己画呢!"

"哎哟，那何必画这么多呢? 你这辈子有一个圆满的句号也就够了……"

关大巴掌

　　人老思旧。离休后我回到当年搞土改的小镇去逛。

　　一晃 40 多年了，小镇当然有了很大的变化。原来区政府的大院，换了几回牌子，现在成了乡政府。约有六七米的一幢二层楼，很神气地站在那里，再加一溜红砖围墙，几棵威风凛凛的钻天杨，风一吹直拍打着叶子。这与原来小平房、土围墙的老区政府，是不可同日而语了。

　　乡里干部已换了好几茬儿，现在这些年轻人，没有一个熟悉的。说起往事来，他们也都不甚了然。过去的老人，走的走了，作古的作古了。按照我询问的名字，最后找到一个离休的乡干部。

　　"哎哟！几十年没见了，于队长你还这么硬实。"

　　"大巴掌！"我一高兴随口叫了他的外号，"你身体也不错嘛！"

　　"唉，不行了，净得病……"

　　他叫关长贵，外号"关大巴掌"，这不是因为他像警察、恶棍那样的能打人，而是由于他人高手大，两只手小簸箕似的，能干活。别人用两只手抓的东西，他一只手就能拿起来。土改时是个二十多岁扛活的。据说地主就冲他这双手，每年多给他一斗粮。

从打地主家解放出来，他干什么都有一股初生牛犊不怕虎的劲头。斗地主时他举着巴掌说："老实交代，金元宝都藏哪儿去了？不然，看我扇你两巴掌。"

地主一看他的两只大手就眼晕了。

一天，斗罢地主，路过镇西头山脚下的观音庙，见那里还有香火，他和农会主席等人一合计，干脆砸它，省得再有人来这儿烧香拜佛。他第一个闯进去，先给了观音菩萨一巴掌，煞有介事地说：

"你这偏心眼子的东西！过去屁股全坐在地主老财那边，现在把他们打倒了，你怎还老着脸在这承受香火？！也不嫌害臊！今天让你尝尝我关大巴掌的滋味……"

这把大家全逗乐了。随后一齐动手，把个观音菩萨像推倒，摔个粉碎；又一鼓劲，把庙也拆了，砖瓦木料都送给小学修教室了。

当时，我是这里的土改工作队长兼区长，是唯一的从老解放区来的干部，反对封建迷信当然万分积极。我在学生时代读过两本无神论的书，讲话中自觉不自觉地常做这方面宣传。但拆庙的事我没有参与，采取了睁一只眼闭一只眼的态度。农会主席问我时，我说："你们愿意咋干就咋干。现在是贫雇农当家做主。"以我的身份来讲，这话无疑就是一种鼓励。

未想到，没过两天，关长贵哭丧着脸来找我。他举着那厚实宽大的右手给我看着说：

"于队长，你看我的手肿了，人家都说这是打观音打的。"

"好你个关大巴掌，连观音菩萨也敢打?!"我见他憨得可爱，有意同他先开了个玩笑，吓唬了他一下。随后拿起他的右手来看看说："这是你碰破了皮，沾上脏东西感染啦。到王大夫的诊所去消消毒，上点药就好了。"

又过了些日子，他右手上不知怎么长个小疖子，吓得不得了，再次跑到我这儿来说：

"于队长，这回可坏了，人家说我这手上生疔啦！"

"你这人真窝囊！没病找病。既然这样熊，当时还打观音一巴掌干啥?!"我满不耐烦地损他说，"你这算哪份英雄呢！也配叫个'关大巴掌'？"

他眨巴眼睛瞅着我没有说话。

关长贵这人没有文化，又不肯学；干啥有股虎劲，可又没主意。人家土改时的积极分子都一步一步地上去了，就他40年一贯制，在乡里当个伙食管理员，没挪窝。

现在，由他陪我在镇里逛逛。我用眼睛一打量，这小镇比土改时，起码扩大了一两倍，人口最低也得翻两番。可贫穷和落后也还远没有摆脱。有很多泥屋草房几乎还像当年一样拥挤在那里，仿佛一件带补丁的衣裳，还在这小镇身上穿着。整整40多年了，一看到这情景我就感到心里有点发紧。

小镇主要是一条长街，从东到西。现在街上修起了砂石路，两边还是明着的脏水沟。有了商店、饭馆、供销社、银行、税务所、信用社、招待所……都在两侧摆着，这比过去那条破破烂烂、坑坑包包的土街，是显得有了些气派。原来王大夫私人开的门诊所，已扩建成了乡卫生院，也很像样地列在街边。一看到它，我突然想起关长贵那只打观音的右手，忍不住又看了一眼。尽管人老了，手也老了，皮松肉懈，青筋暴露，也还结实有力，方才同我握手时正经有点劲。想起他当年那样子，又不由暗自好笑。

我们沿街从东往西，边走边看，未到镇西口，关长贵就张罗往回走，说西边没什么可看的了。

我对小镇情深，想把小镇都看个遍，坚持要走到头，他也就只好跟着走。

西边因为有座山，确实没有什么发展，有些地方变化也不大。但山脚下原扒掉的观音庙处，竟又修起来一座新庙。我心中不由一震，止不住向小庙走去。

这座观音庙跟原来的大小差不多，只是建造上由于使用了水泥、油漆等现代的材料，比过去更坚固、更花哨了。里边的观音菩萨，也比过去富丽、气派、现代化了，连身上的衣着都时髦起来，是清一色的尼龙丝纺织品。供桌上的供品，当然也有提高，窝窝头不见了，一律是白面馒头。并非这里人都把窝窝头赶下了饭桌，可能是到了这个年代，再拿它敬神，就觉得有点不够恭敬，有失虔诚了。

庙门前立了一块石碑，石碑上刻了足有两三百修庙人的名字，其中头一个人的名字，竟然是他这个关大巴掌。开始我还有点怀疑自己的眼睛，戴上花镜，近前细看，一点也不错，关长贵的大名赫然刻在了最前边。冷汗一下子从我身上渗了出来，这观音菩萨真不饶人啊！一时间思绪翻腾，游兴索然。什么也没有问，什么也没有说，只感到筋松骨散，浑身没有一点力气，惶惶然往住处走回去。

不知关大巴掌从我的行动上感到了什么，只见他带有不安的神色，在我的耳边嚅嚅着说：

"……我这右手，前些年总觉得不大舒适……自从修……现在好使了。"

我不知道他这话是真还是假。

敲开邻居的房门

毛先生是个作家，已人到中年。

苦爬了二十多年格子，出了几本迎合群众趣味的书，小有积蓄。用 20 多万元买了一套二手房子，三室二厅，120 多平方米。鸟枪换炮，搬入新居神气了不少。他特开辟了一间多年梦寐以求的书房，作为自己独立的写字间。一进入这写字间，顿感文思泉涌，神志清爽，许多妙章绝句都来到了笔下。乖乖，这才是个作家应该拥有的创作的天地！

谁知他正写着，忽然隔壁一只小狗汪汪地叫了起来。声音虽然不大，却也清晰入耳。

毛先生原以为这叫声也不过一时罢了，谁知整日里时伏时起，而且含混不清地听见人在说话。一时间人言犬吠似在对话，只有在睡觉时才安静下来，可天一亮便又听到了狗叫声。

毛先生的一点灵感，完全被狗叫声赶散了，他不得不从刚进入的写作境界中退了出来。

一日如此，天天如此，这到底是位什么样的邻居呢？他想去拜访看个究竟。如果能委婉地把狗叫问题提出来，引起对方的注意，妥善管理，减少吠声，就更好了。

好不好带着几分责难的心情，突然去拜访陌生的邻居呢？

踌躇再三，他决定去拜访这位邻居。

刚走到门前，狗就叫了起来，这真是个敏感的小精灵。敲开门后，站在面前的是位瘦小的老太太，她一脸核桃纹，一双黯淡无神的眼睛。她只问了两个字："您是……"

"我是刚搬来不久的隔壁邻居，姓乜。"

"姓啥？"这个姓有点怪，老太太没太听明白。

"比'也'字少一竖的'乜'。因为我们成了邻居，我特意过来拜访您。"乜先生尽量把话说得非常委婉客气，以掩盖他内心的烦闷。

她把他让到屋里。她这两室一厅的房子，一间堆满了书，一间是卧室。她把他让到书房里，她告诉他，她的先生已经不在了，生前是个作家。

"哦？"他一惊，也是位作家！敢问姓名？

"方可与。您认识吗？"

他不认识，不过共同的职业关系，使他对他知道一些。他年轻时很有才华，写过一些好诗。但不久就被打成"右派"。二十多年的生活折磨，人生最好的时光都已过去。后虽经平反，也再未闪烁出多少当年创作的火花，可谓郁郁一生，终未得志。想不到现在竟跟他的遗孀为邻。

"他给我留下这一屋子书和这只小狗。"女主人的话中，不无一些苦楚之情。

乜先生这时不免多看几眼那只吵得他不安的小狗。小狗非常漂亮，一身雪白的皮毛，两只黑黑的大眼睛充满了善解人意的光泽。它瞅着乜先生，带有几分警惕地叫着。当女主人轻微一声吆喝便停止了，但还是围前围后地看着乜先生，不知是好奇还是友好。

"书是死的，只有这小狗是活的，它天天陪伴着我，天天跟我说话……"她的神色凄然，声音低沉。

看了女主人悲凉的情景，乜先生不免有些心酸，眼睛湿了，差点落下泪来，哪还有一丝责难的心情，哪还有想表达一下宁静的愿望呢？

拜访后，乜先生心绪不宁，满怀感伤，这时隔壁的每一声犬吠都连在了他的心上。也真怪，乜先生从此在犬吠声中，竟写出了许多感悟人生的好作品来。

吹 鼓 手

万山屯小学教员崔大林竟成了吹鼓手。

三间石头房子校舍要倒了，学生吓跑了。他给村主任跪下磕了三个响头，村主任也跪下给他还了三个响头，一礼还一礼，村里实实在在没有钱。他一赌气背上了只祖传的喇叭走四方。

风餐露宿，勤学苦练，磨破了指头，吹肿了腮，他把一腔心血都用在吹喇叭上了。喇叭成了他"化缘"的好伙计。

他懂老调，识新谱，心灵手巧，在吹鼓手里他成了头把手。

他给人家吹喜，给人家吹丧，给人家吹小儿满月，给人家吹老人寿辰，给人家吹新屋落成，给人家吹开业典礼……

好一只多味的喇叭，好一个五音纵横、八面玲珑的吹鼓手！

别人吹个喜盈门，他就吹个乐开怀；别人吹个悲伤切切，他就吹个哀思绵绵……

崔大林技拔头筹，艺高一等。他把那只喇叭吹得随心所欲，得心应手，能车鸣马嘶、人言鸟语。因此红白喜事人家多愿请他，他有时也给人家加点额外的花活，出个新调调，添个新曲曲，这样他的价码自然比别人高了，赏钱也比别人领得多了。有一次一家大公司开业，他吹得特别卖力，在喇叭上加了不少花活，直把一街人都给拉了过来。公司的总经理乐坏了，马上赏给他一沓儿大票。总经理说你这一阵子喇叭，比请个明星剪彩还有魅力。可崔大林心里却打翻了五味瓶，一时竟不知是个啥滋味。

崔大林的喇叭越吹越红。

崔大林的名气越吹越大。

崔大林的腰包越吹越鼓。

崔大林想他该回他的山村了，两年多来他天天都惦着他的学生呢！乐团请，公司聘，都没有留住他。

他回到山村，把一兜子钱重重地往村主任桌上一摔，说："把万山屯小学给修起来！"

村主任吓了一跳，"哪儿来这么多钱？"

"吹来的。"崔大林差点没哭出来。

"什么？"

他见村主任未明白，操起喇叭在村主任头上狠狠敲了一下，村主任才如梦方醒。

待小学修好后，他坐在房顶上把喇叭使劲吹，吹个旭日东升、红旗猎猎，吹个春回大地、书声琅琅；吹来了辍学的学童，吹来了贫困的山民，吹得人们群情激动，热泪盈眶。

望着这些可爱的学生和乡亲，崔大林的喇叭早已哽咽难鸣了。

第一位启蒙老师

　　小时生长在东北一个偏僻的小山村，那里背靠一座大山，有三四十户人家，全靠顺垄沟捡豆包过日子。村里没有学校，只有一间炕头上有五六个孩子的私塾馆。

　　私塾先生刚五十出头，人就称他"老先生"，那时人背着个穷字，就不经老，又兼他留个山羊胡，有点驼背，这就顺理成章地称他为"老先生"了。他说话时常捋一下山羊胡。他小时候也是个念私塾的，据说饱读四书，一肚子墨水。村里人都两眼墨黑，摸不着他的底。只是有一次从城里来了个大洋学生，背地里称他为"冬烘先生"，可什么是"冬烘先生"村里人不明究竟，我们更不懂得。

　　私塾先生有一杆旱烟袋，铜锅铜嘴乌木杆，抽起来满屋都是浓烈的蛤蟆烟味。谁若淘气，他打一烟袋锅子，脑袋上准起个包。他一年只买的一本书是《皇历》，但他把前边一大堆人物像，如什么段祺瑞、吴佩孚、张作霖、阎锡山，等等，都统统扯下来擦屁股，我们"出恭"时常常在茅坑里看到。

他对学生管得很严，我们一天到头都得规规矩矩坐在炕桌旁，像念经一样念书。他从不开讲，我们读了也不知什么意思。谁上厕所都得翻过来"出恭"的牌子（另一面为"入敬"），谁忘了就得挨训。连拉屎撒尿，他也全管着。

一天上下午背两遍书，谁不会得挨手板。手板是一尺多长的硬木板子，打在手上可疼了。有一次我书未背下来，挨了三板子，手心肿了。我直喊："妈呀！妈呀！"他说别喊了，这一疼你就记住啦！

他整日里板个面孔不开晴，就好像谁欠他两吊钱似的，我们都说他是冰窖里的一块石头，没一点热乎气。我们又怕他，又恨他，总合计着要坏他一回。有人说在他住的房顶上弄窟窿，一下雨把他的行李都能浇湿了。我们都认为这是个好主意。

一天趁他外出办事，我们就上房把苫房草给掀起一块，又用草虚盖上。过几天一下雨房子漏水，他的行李全被浇湿了。我们又开心又害怕，心想这回可捅了个大娄子了，准备着挨揍吧！可出乎意料，他竟没有追查，只自己上房去用草苫盖一下，什么也未说。邻居问到他说是风刮的，我们心里都很不是滋味。以后见到他总觉得欠了他点什么似的。

那时学生没钱交学费，就每人交二升高粱米或苞米糁子，当然也有人交小米的，那算细粮了。此外，还要拿一小碗豆油来，是给老师做菜用的。有个学生家里没有豆油，就给老师拿一块风干的猪肉皮来，让老师做菜时拿它先蹭蹭锅。他家就是拿这块猪肉皮蹭锅待客人的，平时还舍不得用。私塾先生接过这块猪肉皮出了半天神，心里很沉重。他把那块猪肉皮吊在房梁上，我们一上学就看见了它，看见了它心里就翻腾，总有点酸溜溜的不好受，当时乡下人真穷到份上了！

那时村里人好议论国事，乱说一通。但他从不参加，他好像对军阀的纷争，从来都反胃。可一天从沈阳传来消息，说日本鬼子占领了沈阳，开始向各地推进了。这天上课时，他突然把我们叫到身边搂着我们放声大哭，他说："孩子们，我们要当亡国奴啦！"那时我已9岁，懂点事了，我们这群孩子就跟着他一起哭……

后来他突然失踪了，村里人都不知他去哪儿啦。一天抗日义勇军开过来要去打县城，村里人看见了他，腰上别着那杆旱烟袋，背着原来那个旧书褡子，那里装着笔墨纸张，他给抗日义勇军当上了文书。驼个背紧一步慢一步地跟着队伍走，我们几个孩子看着他那张苍老而又带着几分兴奋的老脸，眼睛都湿了。我一冲动跑过去拉着他的手说："老师，我也跟你去吧！"

他板着面孔，一甩手把我甩得老远，厉声说："小孩子家不得胡来，以后有你们打日本鬼子的时候。"随即大步向前走去，头也没有回。

我站在那儿呆呆地望着他，有点心酸，禁不住掉下来几个眼泪疙瘩。

他就是我的第一位启蒙老师。

私塾先生

"老先生贵姓？"

"免贵姓杜。"

"大号怎称？"

"学名文章。"

"现在以何为生？"

"开馆教书。"

"家中都有何人？"

"拙荆为伴。"

问话的是我们政治部章主任，答话的是一位看样子年近五旬的私塾先生。他瓜子脸，一绺稀疏的山羊胡。虽然穿一身破旧的短衣袖，可不像个农民，冬烘气十足，一开口就闻到一股酸溜溜的气味。

抗日战争胜利后国民党集结了大量军队包围了我们这个解放区，我们主力部队准备分散突围。突围前部队要求把随军家属，特别是有小孩的，都尽可能隐蔽到群众中去。可这里是个开辟不久的新区，群众基础差，寄托到哪一家呢？这是一个很伤脑筋的问题。弄不好国民党军队一到，人家就把人交出去了，这无异把自己亲人弃于虎口。

章主任爱人哭哭啼啼不肯留下，死活要跟着部队走。她原是个小学教员，十分文弱，孩子又不满周岁，这是没法与战斗部队一起突围出去的。所以考虑来考虑去，非走这步棋不可了，现在难的是找个可靠人家。侦察科长把几个驻地附近老百姓的情况，都一家一家摸清了，最后才提出来这个私塾先生。他的理由是：老先生是这山区的圣人，为人忠直，在群众中有一定威望，而章主任爱人又有一定文化，缺少农民气质，因此，隐蔽在他家才不容易暴露……不过，另一方面，私塾先生毕竟不像农民那么单纯，这也并非毫无凶险的稳招。但在目前也再无其他办法了。

现在是利用夜色的掩护，在一个独立草房里请老先生来商量。章主任是位老同志，有一定文化，又有丰富的革命斗争经历，他一边同老先生谈着，一边仔细观察，感到尚可信赖时，才把相求之事说了出来。谁知老先生倒盘问起他们夫妻来。

"你们信得着我吗？"

"信得着，当然信得着。"章主任忙说。

"请问夫人是哪里人？"

"她是河南确山县人。"章主任代答。

"请夫人近前赐教。"老先生好像不满意章主任的答话。

"大叔，我们母子要累赘您了。"章主任爱人赶紧过去说。

"夫人读过几年书？"

"师范学校毕业。"

老先生借着微弱的油灯光亮，仔细看了看她和怀中抱着的孩子，看样子已有准备接受的意思，但他环视一周，见我和警卫员站在门口，便转过身去冲着章主任说："老夫与贵军素无接触，与长官更是素昧平生，此托妻寄子之事非同寻常，乃人间之最大的信赖，万万儿戏不得。请原谅老夫为人耿介，不敢承此重托。"说完后，毫无商量余地，匆忙起身走了。

这回可好，不用你信不着了，你信得着人家还不干了呢！

这把侦察科长弄得很尴尬，章主任也有些莫名其妙，不知所措。没有办法，章主任爱人只好带着孩子随军突围，我和警卫员都准备随时帮她背背孩子，可谁知部队刚向突围方向转移的一天晚上，章主任爱人和孩子突然失踪了。我们问章主任，他竟吞吞吐吐地说在路上叫一家老百姓留下了。咦！这真怪，上次费那么大劲儿都未办成，现在在行军途中竟轻易地留在一老百姓家了！章主任没有详谈，我们也不便深问。

解放战争进行得意外顺利和迅速，被国民党军队占去的解放区不仅恢复而且急剧扩大，国民党的统治土崩瓦解，原来的解放区都已成了巩固的后方。这时我被派去原来的解放区执行一项公务，临走时章主任托我把他的爱人和孩子带来。

"在哪里？"

"就是你见过的那位教私塾的杜先生家。"这搞的什么鬼？怎么还隐蔽在他家了，而竟到这时才告诉我？真有点让人琢磨不透。我心里满不是滋味，特别是一提起他我就感到一股酸溜溜的冬烘味道。

我办完公事，又跑了两天山路才找到那私塾先生的村子，却扑了个空。人家都说杜先生举家搬走了，有的说不太清楚去向，有的则说可能进了县城，至于在县城哪里就更说不准了。这里离县城很远，而且道路崎岖，村里人都难得进一次城。没办法，我只好又跑了两天山路赶到了县城。受人之托就得忠人之事，何况章主任又是我的顶头上司，万一他爱人和孩子有个差错，我连找都未找，就有点不够同志的情义了，回去也不好交代。

到了县城上哪儿去找那个老冬烘呢？我想只能先到县委说明来意请求帮助，然后再在城关里打听。

县委在一个大院子里，乱乱哄哄，也热气腾腾，一派开辟新区的繁忙、紧张气氛。没想好该先问谁，我一头就闯进了县委书记的办公室。啊！我一下子愣住了。简直有点像变戏法似的，坐在办公桌后面的竟是我要找的那位私塾先生。我揉揉眼睛，一点也没有错。他那山羊胡剃去了，脸色也红润了，人比那时精神多啦！看上去只有四十岁左右，哪像个满口"老夫""老夫"的五十多岁的人呢？哪还有那股酸溜溜的冬烘气味呢？

天哪！千真万确，他就是我们这里的中共县委书记。

"老杜同志，你这个私塾先生装得可真像啊！"

我忍不住甩出了这么一句赞美之词，其实话里也不无点酸味。

"哈哈……"他笑了起来，就更显得年轻了，他过来拉住我的手说："你来得正好，我正在打听你们部队的行踪，准备派人送他们母子回去呢。"

这时我不免质问他为什么第一次见面不收，后来又偷偷摸摸在半路上接了去。他拍着我的肩膀说：

"小老弟，我们这钻在牛魔王肚子里的人，不得不一百个小心，如果那次你和警卫员不在场，也许我就把她领走了……"

嘿！典故在这儿，闹来闹去，问题还出在我身上，他这个装模作样的私塾先生，想得可真细啊！我忍不住又甩出去一句带点酸味的赞美之词：

"老杜同志，你可比孙猴子还多个心眼呀！"

"不，小老弟，这在当时就是纪律。"他正色说。

花姑子画蝶

花姑子姓花，是个少年出家的尼姑。当地人都管尼姑叫姑子，称她花姑子也无别的意思。

花姑子十多岁时害了一场大病，生命垂危，幸一老尼来帮助治好了。花姑子父母笃信佛教，为救女儿一命，事先竟在佛前许愿：如得活命，便让她削发为尼，奉老尼为师，古庙青灯，终不返俗。

老尼说她的命是佛给的，进入佛门这也是命中注定。

父母也说她的命是佛给的，就跳出红尘随佛去吧！

花姑子那时年幼无知，一生的命运便被这样安排下来了。

尼姑庵倒也清静，一共师徒三人，两坰山地出租，加上一些香火钱就不愁吃穿。

花姑子毕竟是个孩子，开始时换个环境还觉得挺好玩的。可时间长了就觉得这与世隔绝的生活太枯寂，而且常常想家，想爹想妈，想她在家时那些少年朋友，对关在尼姑庵里过活，就越来越难忍受。但都说她命是佛给的，也只好在这里苦熬岁月了。

天天太阳打东边出来，在西边落下；月亮圆了又缺，缺了又圆。花姑子慢慢出落成一个很秀丽的大姑娘了，对庵中生活就更加烦闷不安。

尼姑庵院里有些花草树木无人兽侵扰，便有些美丽的蝴蝶成双成对，飞来飞去，好不自由。花姑子成天望着它们发呆。

她不愿在那阴暗的佛堂里坐着，也不愿守着那清冷的孤灯。她一得闲就愿在这生枝长叶、开花结果的庭院里待着。她特别愿意看那飞舞着的蝴蝶，它们艳丽动人，翩翩多姿。于是，情不自禁地拿着树枝在地上画它们。越画越有兴趣，越画越着迷，这也是了却枯寂的一种办法。

她先是在地上画，后来便在纸上画，每画好一只蝴蝶便感到像蝴蝶一样快乐。慢慢地她画的蝴蝶也受到师傅、师姐的赞许。这三个失去了生活色彩的人，似乎都在蝴蝶身上找到了寄托。

有些来进香的施主见了也啧啧称赞，多喜欢得到花姑子的蝴蝶，为此还多施舍了些香火钱。这叫老尼也动心了，原来她收的这个徒弟竟是一棵摇钱树。便减去了她许多劳动，给她买了纸、笔、颜料，让她成天画蝴蝶。

花姑子悟性很高，无师自通。她对各种蝴蝶仔细观摩，其姿色、神态尽收于心底。且在用色上颇下番功夫，使其笔下的蝴蝶犹如带粉一般，个个惟妙惟肖，活灵活现，都说她把蝴蝶画活了。花姑子一时名声大噪，求画者日多，连外地也有人以进香为名专程来买她的蝴蝶画。

一日，一中学教师携很多新颖少见的蝴蝶标本相赠，意在开阔花姑子眼界和思路，使更多各色各样的蝴蝶入画。花姑子对这些钉在纸板上的蝴蝶先是一惊，她确未见过。随后审视良久，不由潸然泪下。她奉还标本说：谢谢先生，我只画活的，不画死的。我不求粉蝶奇姿异色，只求眼前平常之蝴蝶，能在笔下活起来，便了此一生之愿了。

花姑子终生画蝶未出庵门，年轻时多少富人、名人求为妻室，都为老尼所拒，父母所不许，说她命为佛赐，已许佛门，不能再有凡心了。

花姑子死后省博物馆收藏了她的作品，老馆长遍阅她全部蝶画之后，震动异常。她所画的蝴蝶都是飞舞欲去的，有的已扑向庵门但尚未越过……

靳　半　癫

"一见'忆苦饭'，不由我想当年，挖野菜，撸榆钱，十根肠子九根闲……"

勒半癫走进饭厅这一唱，把在场的人都搞蒙啦！许多人都想笑而不敢笑，只有炊事员们无所顾忌地都乐了。

今天给"牛鬼蛇神"和"走资派"们吃"忆苦饭"。

"忆苦饭"是用剩菜、剩饭、酒糟、豆腐渣，加上野菜、榆树叶子和喂猪的泔水熬成的。据说这是过去旧社会穷人吃的饭，今天吃它是最生动、最具体的新旧社会对比的阶级教育课。

"工宣队"和"造反派学生"都到了场。"工宣"队长本来想在饭前训训话，谁承想勒半癫这一唱，竟给搅乱了阵脚，一堂严肃教育课竟以喜剧的形式开了场。

靳半癫原名靳半巅。这名字是小时父亲给起的，说你一生不必非到巅峰，只到半巅就足矣。这里"靳"与"近"同音，既表达了进取精神，又有谦虚之意，实在是个新颖别致而又不落俗套的好名字。

勒半癫是中文系教授,讲授文艺概论。他博学多才,在文艺理论上颇有些独到的见解,这就不免引出些问题来。文艺理论是中文系的灵魂课,绝对"一元论"的,岂容离开"钦定"的本本随意乱发挥?于是,系里便安排他上书法课去了,不怕你扯到那些犯禁忌的东西上去。怎奈他禀性难移,除了给学生讲授些写字的基本功和书法艺术之外,竟对古今书法名家和当代文人的题字多有评论,这又生出一些是非来。一天,管教学的一位副院长把他找去,指着他的鼻子说:"你靳半巅究竟是哪个'巅'字?我看得把'山'字拿下来,换个'病'字旁了。"

副院长的话被传开,"靳半巅"就成"靳半癫"了。好在这两个字完全同音,人家怎么叫也难区别出来,而且靳半巅觉得这样也好,癫就癫吧!癫比不癫还多几分自由,于是,他在嘴巴子上便撤了岗。

"文化大革命"一来,他首当其冲,是第一个被揪出来的"反动学术权威"。

今天进了饭厅他这一唱,弄得"工宣队"和"造反派学生"都很尴尬。他们咬了一阵耳朵后,工宣队长厉声吆喝说:"靳半癫,你又要要啥宝?你过去吃过苦吗?"

"吃过。"

"你是个伪职员家庭出身,上哪儿吃苦去?"

"抗战时我流亡关内,到处吃苦。在陕西过秦岭上下70里,都是乞讨而过,险些喂了狼……那时苦啊,好苦啊!"说着说着靳半癫竟动了感情,悲从中来,流着眼泪又唱起了"莲花落":

"说流亡，道流亡，流亡生活好凄凉，离开爹，离开娘，离开书桌和课堂。两只张嘴鞋，一身破衣裳，三餐无处讨，夜宿投何方？"

"工宣"队长未想这一问，倒让靳半癫来个借题发挥，把有些人都给唱住了，这台戏他在这儿竟成主角啦！队长深感大事不妙，连忙喝止说："好你个靳半癫，要宝也不看个时辰，这顿热乎乎的'忆苦饭'，都叫你给闹凉了。"

"哪能有'忆苦饭'还吃热乎的？我过去讨饭都带冰碴儿吃……"

靳半癫这一搅和，"工宣队"和"造反派学生"的注意力都集中到他身上。这顿"忆苦饭"其他人没吃多少，也就草草了事，只靳半癫被逼着吃了一大碗，而且名副其实是凉的。

回到宿舍，"牛鬼蛇神"和"走资派"们对他千恩万谢。他说："我这儿还藏着一瓶黄连素，你们赶紧拿去每人吃三粒吧，谁知那'忆苦饭'这玩意儿到肚子里会怎样兴风作浪呢！"

到了夜里别人未咋的，他却急性肠炎恶性发作，一下子发烧到了40度。原来他那瓶黄连素都给别人吃了，他自己一粒也未吃。难友们都急啦，把他抬着送进了医院，他的一条命才给抢了回来。

好险啊！只差那一头发丝儿，他就进了鬼门关。

事后他拉着难友的手说："做人难，做鬼也不容易呀！阎王爷一见我，满脸不乐啊，他瞪眼睛说，靳半癫，你跑这里来干啥？你在人间的'忆苦饭'还未吃完呢！"

靳半癫啊靳半癫，你真让人哭笑不得。

他把大家说得掩口失笑，这真是个宝贝！

"文化大革命"后，中文系请他回去教文艺理论课，他摸着自己脑壳说："我的脑壳还不够硬，等天气暖和了，我会不请自到。"

病 大 虫

王子非一走进来，三个搞外调的人连忙让座。

王子非年逾四旬，长得高大魁梧，只是面黄肌瘦，看似有些营养不足，不过腰板溜直，往那儿一站，声气夺人。系里老先生们戏称他为"病大虫"，他连连拱手致谢："过誉，过誉。做学问的人哪得有如此诨号呢！"

只缘年纪大，经历广，在那段混沌的时光里，常常被从牛棚里提出来接受外调人员的调查取证。每次多是来者不善，一脸凶气，拉着一副审案的架势，其目的不外是"鸡蛋里挑骨头"，想从被调查人嘴里挤出点什么来。可今天有点反常，一进门竟和和气气请他坐下，一个年纪较大点、面目和善的人还拿出烟卷来请他吸。

他说声谢谢，谢绝了。心想：这是咋啦，也不怕混淆了那条神圣的阶级界线？

更反常的是外调人员竟从他的生活状况问起，对他的某些人生坎坷、境遇不佳又深表关注，似乎多年未见的老友在唠起家常了。问到过去的一些熟人，又是海阔天空，云山雾罩，不知他们究竟要来调查谁。

在闲谈了一阵，拉近距离之后，终于言归正传。年纪较大点的慢慢从提兜里拿出一沓材料请王子非仔细看。

王子非当然认真地看了，看过后他一脸阴沉地把材料交给了外调人员。到这时王子非才明白这伙人是来整邹逸群历史问题的。邹逸群过去跟他一同住过国民党的监牢，现在是某市的市长。

"你看明白了吧？"

"看明白了。"

"你在这材料上签个字吧！"

"不能签，因为它不属实。"

"啊！你看你们一同坐牢的人都出了证，你怎能说不实呢？"

"我只根据我了解的事实说话。"

"你是不是想包庇邹逸群？他可是我们市第一号'走资派'呀！"外调人员变了脸，提高了嗓门提醒他。

"一步两脚印，历史最无情，谁走过的路自己改不了，别人也改不了。"这一句话把三个外调人都呛了个跟头，他们齐声吆喝："你站起来，你先认罪！"

"我没有罪！"

"没有罪你怎么能住牛棚?！"那个看来最和善的外调人，此时凶相毕露，上去狠狠打了王子非一个耳刮子。王子非傲然挺立，连躲也未躲，血就顺着他的嘴角流了下来。这倒把打人的吓了一跳，这真是一条"病大虫"！

王子非此时完全弄清楚了，这是一伙抱有明显意图的外调人员。"你不要忘记，你的'右派分子'这顶帽子可是邹逸群给你戴上的……"另一个外调人员为了缓和气氛，从不同的角度做思想动员了。

"那跟他个人历史情况是两码事。"

"你老婆不是因为你被定成'右派分子'跟你离婚的吗？"

这是扯啥呀！明显是想煽动仇恨，以达到为其所用的目的。王子非抑制不住又说了一句："这也跟邹逸群坐牢连在一起吗？"

"好啊！你这个铁杆'保皇派'！你这个顽固不化的分子！就在这儿反省吧！"

外调人员悻悻地走了，王子非被关在那间小屋里逼着写材料。看来这是外调人员同学院"政工组""工宣队"事先就做好的"豆腐"。

第二天一早外调人员来了，一看王子非一宿未睡，竟然一个字也未写，不由勃然大怒："好你个'病大虫'！你就是条真老虎，也要从你嘴里掏出东西来！"

王子非明白这是要采取疲劳战术，以逼迫他做伪证。

第三天外调人员来了，一看依然是那几张白纸，十分阴险地威胁说："我看你是不见棺材不落泪呀！"

第四天依然未写。

第五天依然未写。

可王子非这条"病大虫"已被折磨得够呛了。不过他还是支撑着身子坐在那里，依然有些虎威不减的劲头。外调人员一看这架势，也不免有点打怵。既然榨不出油来，也就不得不灰溜溜撤退了。

离开学院时，一个年轻的外调人员很不安生，借故匆匆忙忙跑回来，他对王子非深情地看了一眼，在接触到王子非那深邃的目光时，不由浑身一颤，随即冲着他深深地行了一个鞠躬礼，一句话未说满面愧疚地走了。这在当时可是惊人之举，把在场的看守人员都搞蒙了，这是唱的哪一出呀？但在稍一平静之后，内心便都不免为之一震。

这是那个年代大"运动"中的一个小插曲，不过它却久久地激荡着人心……

掌　刀

　　她姓金,都叫她金护士,怪好听的。不光姓值钱,人也挺精神。

　　她一直是"陈一刀"这个外科手术室里的护士,一晃二十多年了,"陈一刀"老了,她也见白发啦,连儿子小克都从医大毕业分到这个手术室来当大夫了。

　　医院领导掰着手指算年头,几次要提她当护士长她都不干。那摊子乱,人际关系复杂,头不好当。她说:"我不是那块料,人也快老了,就让我在这个岗位上干一辈子吧。"其实她是爱上了手术刀,这些年来尽围着它转了,心都用在那上啦!"陈一刀"几次对院长们说:"她应该拿手术刀了。可她没有那张纸,正副院长都不肯点头,也不敢点头,万一出了个事故不好说。她就得照样当她的护士。"一天,"陈一刀"一个手术没做完,突然出现脑血栓征兆,小克马上把他背到了急救室去。这时患者还在手术台上,刀口已经开了,不能摆在那儿等着,金护士毫不犹豫拿起手术刀来很快给做完了。这样的手术她几百例、几千例都看过了,算不了多大事。待儿子回来时,病人已下了手术台给推走啦。

"妈妈，您……"小克回来有点吃惊。

"别说了，救人要紧。"金护士一摆手不让儿子说下去。

"陈一刀"一病不起，手术暂时就由小克来掌刀。从此，金护士每天在手术室像对"陈一刀"一样侍候儿子小克。她严格执行"陈一刀"过去的要求和手术中形成的程序制度，仔细观察小克的手术操作情况，稍有不妥或迟疑，她就用手、用眼睛、用一切表情予以暗示。她不敢说出来，怕说出来患者听去影响儿子的威信。

一次，儿子给一位皮下脂肪瘤患者做切除手术，开刀后，瘤子因为太小竟找不到了，急得满头是汗。她一下子把儿子推开，把刀口合上，又从皮外用手轻轻摸着找到了瘤子，然后用一个很细的针头，从皮外扎上了，把瘤子定了位，很快就拿了出来。这招法是她从"陈一刀"那儿学的。

儿子又一次吃惊，但当着患者面他也没敢吱声。

接着进行两次比较复杂的手术，小克又遇到了困难，拿着手术刀直着急，患者在苦单下虽然看不见也感到手术不太顺利。金护士用手指点几次未解决问题，便一下夺过手术刀，很快地做好了。

事后患者康复得很快，出院后敲锣打鼓给送来感谢信，称颂小克大夫医术高明，手到病除，感谢他为患者认真负责解除病痛的崇高精神。医院里对小克大夫刚出校就能成功地进行复杂的手术，受到患者的表扬，也感到非常满意，因此，年终时给了他特别的奖励。

金护士为此感到非常高兴，周身上每个关节都舒坦。可小克大夫却很不安，一见到有人称赞他，他就躲，躲不过就闷着不吭声。

谁知这事不知怎么被那个写感谢信的患者知道了，他马上产生了一种被欺骗了的心理，很是气愤。他说医院真不负责，怎能让护士给做手术呢?！于是，便感到那病好像还未去掉似的，心里老是疙疙瘩瘩不那么舒服，真后悔自己还写了那么封感谢信，多冤得慌啊！

医院里领导知道后也不太满意，这算哪一出啊！闹不好把医院这块牌子再给砸了。那天院长遇到了小克便特意同他说：

"嗯……你的工作不错嘛，嗯……你妈也是个有经验的老护士了……嗯……嗯，你这把手术刀还是要自己拿着……嗯，嗯……这是人事、大事……嗯，嗯……弄不好要落埋怨……嗯，嗯……"院长挺困难地说了这么几句话。

小克只觉得脸上发烧，他在心里也有些埋怨起他妈来了。

金护士憋了多少年，手痒痒得很，这下子在儿子手下略得施展，心里好似点着一盆火，正在兴头上，谁知一盆冷水从头顶上泼下来，直泼得她晕头转向，从此一下子老了许多，身上有些老毛病也勾了起来，没到年龄就提前退休，回家抱孙子去了。只是一些熟人和左右邻居们，还照样称她金护士，不过，她可再没有从前那样响亮、脆快的回音了。

马背上的爱情

巧，真巧！

40 年前草原上的一对老情人，在这滨海城市的大海前意外地相遇了。

一脸核桃纹的老太太，几乎没有了牙，还穿着蒙古族的长袍，这是她没有离开草原上那块土地的标志。

老头子花白头发，一身银灰色的干部服，穿得整整齐齐，满面红光，酒糟鼻子油亮油亮，这也说明了他几十年来的生活变化和现在的境况。

"娜仁花！"

老太太心头一惊，多熟悉、多亲切的呼唤，尽管这里多少带有点犹豫成分，可几十年来天天都萦回于脑海的声音，怎能不猛烈地牵动她记忆的神经？那在马背上骨头都被搂酥了的岁月，哪会轻易烟消云散……

"啊！扎布！"

"还认得吗？"

"烧成灰也认得。"老太太说。随后反过来轻声柔气地问："你好吗？"

老头子点了点头，没有吱声，千滚万沸的思绪使他的心灵都跟着颤抖。

老太太看着老头子，老头子看着老太太，眼睛里都盛满了复杂的语言……生活像草原不稳定的风，一下子把一对马背上的情人吹散了，男的远去他乡，成了今天这身着干部服的老人，女的没有飞出草原，在牛拉的勒勒车里白了头发。今天生活经过一番风洗雨刷，又给了他们都能到达这滨海旅游的条件。

没想到，这般年纪还有这样的巧遇。

沉默。

还是沉默。

但谁也不想分手，于是就默默地向前走着。

这大海也许比草原更迷人，可他俩想着的却是草原——往日的草原。

忽然，他们看见照相处的一匹高大的蒙古马，跟他们当年骑过的一样，除了鼻梁上一道白，一身枣红颜色。

老太太站住了，老头子也站住了，他们都瞧着这马出神。

一对年轻的情侣被摄影师给请上了马背。

"搂紧点。笑一笑。好了。"

老太太老头子看得仿佛入了迷。

"大海多好啊，像草原一样望不到头。"老太太赞美大海，就是赞美这个马背上摄影的背景。"这枣红马多好啊，像在草原上一样威武……"老头子像是自言自语，可包含着多少尚未说出的潜台词。

"给我照一张。"老太太走向了摄影师。

"您坐得住吗？"摄影师看着六十来岁的老太太说。

"去掉马鞍子。"未等老太太回答，老头子竟然接了这么一句。摄影师有点惊愕了。

"去掉马鞍子。"老太太也这么说。

摄影师看着老太太的服装、老头子的脸庞，忽然一下子有所醒悟，他连忙去掉了马鞍子。

老太太骑在了马背上，摄影师提着相机在等着，老太太瞅瞅老头子，老头子也瞅瞅老太太，似乎不知如何是好。

"你们倒是快点呀。"摄影师说话了。老头子一下子蹿上了马背，紧紧地搂住了老太太，像当年那样。老太太的脸红了，眼睛亮了，老头子也容光焕发。时间的指针倒拨回去了，他们都一下子年轻了 40 岁。

"真叫棒。"围观的小青年喝起彩来。

摄影师也认真选取角度，他要捕捉住这两位老人爱的激情，拍下一幅能够展览出去、招来顾客的照片。

可是，下了马背后，面对摄影师那个邮寄照片的信封，老太太迟疑了，老头子也迟疑了，他们将怎样收取这幅马背上爱情复燃的照片？

老太太和老头子

"那个'山核桃'死啦！"老太太非常伤感地同老头子说。

"啊！"老头子知道老婆子说的"山核桃"，就是经常到这儿来锻炼身体的一个皱皱巴巴的老太婆。

"前两天她还来这儿跟着做操呢！"

"啊！"老头子漫不经心地应着。

"唉！人死如灯灭。人真像一盏灯啊，说灭就灭了……"老太太心情黯然地说，"说不上什么时候就轮到我们啦！"

"别想那么多，该怎么活着就怎么活着吧！"

"唉……"老太太的精神还被这不幸的消息压抑着，她低着头跟在老头子后边，有气无力地做着健身操。来到这个广场上锻炼身体的，几乎百分之八九十都是老年人，所以也就经常不断地掉头。

"那个'大海米'也走啦！"隔两天老太太又听到了一个驼背老头的不幸消息，她又说。

"啊！"老头子可能是个粗心人，对这些事都不太注意，偌大一个广场，这么多老年人，有人死亡总是一件正常的事。他从不多想这些，只顾早上起来锻炼身体，白天参加史志的编写。一有空儿还要习字、作画、访亲问友、从事社交活动和社会公益工作，一天到晚忙得个不亦乐乎，好像根本没有关心这些事的时间。

"晚上还看电视呢，嗬，第二天早上家里人一摸没气啦！连医院都没来得及进……唉！人啊……"老太太又是无限伤感，"真说不定什么时候……"下边的话到唇边又咽回去了。

"别想那些，自己痛痛快快地活着吧！"

"唉……"老太太终不能释然，她被这些不幸的消息，搅得心神不安，总想着说不上哪一天就轮到了自己和老伴儿啦！

"那个'大面包'昨天也去世了……"又过几天，老太太又听到了一个老太婆去世的不幸消息。

"你咋净听到这些消息？"

"我总想我也快啦！"

"别瞎说……你比我还年轻 5 岁呢！"

"可我总感到……"

"你净胡思乱想。"老头子打断了老太太的话。

"不，我总觉得油快熬干啦！"

老太太看到周围的老人去世得越来越多，自己也就越来越感到不久于人世了。于是，饮食减进，梦魂，不安……果然，时隔不久，溘然长辞，撇下老头子走了！

老头子还活着，还写，还画，还参加一些社会活动……他好像还没有想到生命的终结。于是，阎王老儿一时间也就忘了向他下请帖啦！

春天，没有老去

"往高抬。"

她把伸着的双臂向上抬了抬。

"再往高抬些。"

她又抬了抬。

"要这样才行。"他边说边用双手把她的双手拉住，猛地向上提了提。他挺拔魁梧，比她足足高一头，别看头发花白，可手劲还不小。

"哎哟！"这老家伙手真重，她都听见自己胳臂"咔吧"了一声，是不是给拉错了环啦？同时，她手一颤，心也一颤，这像啥？有点像要跳双人舞了。这几年来，有哪个男人这样拉过她的手？

她天天早上到广场上来锻炼身体，不是慢跑，就是做操。今年54岁了，当了30多年小学教员，最后从教导主任这个岗位退下来。身板还很硬实，可到了退休的年龄，人家还有很多年轻人等着这个位置呢！退，她提前一年就退了，还受到领导的鼓励。退下来干啥呢？成天闲着，就总有点没着没落的感觉，这样一来倒老得更快了。特别是老伴儿谢世以后，她一只孤雁还有啥意思呢？过去他在世时，甚至侍候侍候他，也是一种乐趣……现在，现在时间越多，就越觉得有一种无法排遣的孤寂。

女儿说她脸上的皱纹多了、深了；儿子嫌她动作慢了、耳朵背了……她真这样在寂寞中老了吗？她好像有点怕，可又不怕，就剩一个人啦，还怕啥！这样一个人孤独地活着有多少生活情趣？她常常忆起年轻的时候，那时她同老伴儿都从中师毕业，一头扎在小学里教书，眼前是一个等待着他们去开拓的世界，那是一段朝霞般的时光。他们互相砥砺着，充满了对现实的热望，对未来的憧憬啊！尽管后来生活越来越艰难、越来越残酷了，可他们毕竟是双飞燕啊！两个人互相有个依靠，"文化大革命"中挨了批斗，还可搂在一起哭呢！……

最近一个时期，早起后，她总到这里来活动活动。这个广场在一座大学的前边，里面是草地、操场，周围是一片树林，有高大的白杨，有枝叶横生的黑松，特别是还有一些杏树和一大片紫丁香。现在杏花开了，紫丁香也见花蕾了，它们给这里增添了色彩和芳香。早上，这里的空气清新极了。在这清新的空气里活动活动，实在有一种爽心提神、焕发生机的感觉，所以她天天早上到这里来。

这里相对来说是个老年人的世界。当然也有中年、青年，甚至少年，不过，老年人占的比重大。白头发的、花白头发的、驼背的、佝偻的、脸皱巴得像个枣核似的、肚子大得像个弥勒佛似的……在这些人中一比，她还得算年轻的。她有点发胖了，可并不太胖，有人说按年龄这恰到好处，她步履不沉，腿脚不重，如果不退休，她还能骑自行车或挤公共汽车跑来跑去。只是这一退休，"一刀切"，她马上打到老年人的行列里来了。

广场上围了好几个人圈，练气功、打太极拳、玩弄刀枪、做健身操的都有，真是红红火火、热热闹闹，一派延年益寿的健身景象。

今天，她想学一种新的健身操，没承想碰到了这样一个老家伙，据说还是个离休干部，教操时竟这样毛手毛脚的！她真想发作几句，可又不好说。再看这老家伙对大家都挺热心，教操非常认真，简直赶上她过去教学生了。人家这样一种负责的态度，手重了点，还有什么好说的呢？

你看他手举得那么直，好像把全身的力气都用上了，然后落下来，猛地一劈，真有点要把山劈开的架势。他头发虽然花白了，可容颜不老，满面红光。举止利落，动作敏捷，逢人有说有笑，跟谁都很随便，又不太拘小节，难怪有人说他是个"老青年"。

"老青年"，"老"跟"青"加在了一起，这是褒是贬？有没有不庄重、不正经的含义呢？她闹不清楚。她不知老年人有什么规范，青年人又有什么模式，不过，如果在老年人身上还保留了青年人的活力和情趣，这有啥不好呢？但当她反问自己时，又不禁暗自摇了摇头。多年来为人师表的生活，使她变得非常文静而稳重。她总觉得她的生命，是在一种巨大的、固定的模式里活动，她没有勇气离得开、跳得出去。这使她在没老时，早就开始有些老了。现在她跟"老青年"这个称呼贴不上边，可在内心里，她并不讨厌这种性格。

说不好为什么，第二天她没有到这里来练操，只一个人在广场的树林中慢步跑了跑，可眼睛还禁不住往这儿看。那个"老青年"在领着练操，像以往一样，连做带讲，有声有色。"老青年"成了那片练操场地上的磨心。

第三天她照样自己一个人慢跑，没有去练操。

第四天她又未去练操。在她跑步完了往回走时，迎面碰上了那个"老青年"。

"怎么不来做操了？"他问。

"嗯……跑跑步随便点。"她完全没有同他说话的准备，不承想他倒有些自来熟。这老家伙眼睛也够毒的了，这么多人，怎还注意到她不在呢？

"那天把你的胳膊抻疼了，对不起。"

这句话当时没讲，隔这么多天，还说这个干啥?! 可一转念，到现在他还放在心上未忘，这时说出来，不免使她心头一热，更感温暖。

"来做操吧，做操可使周身每个部位都能活动得到。"他边说边看着她，好像要审视自己周身的每个部位似的。

这干啥呢？她不由得心里有点跳，怎么他对自己这么关心呢？过后她没有马上去，不知是一种什么心理。又一直观察了几天以后，她看那里像滚雪球似的，人越聚越多，这广场上几处练健身操的，就属那里活跃。这老家伙像块年轻的磁铁，还挺有吸引力。

她终于去了。她站在最后边，让别人的身子挡着自己。他在前边领着做操，多次往这边看，不知看到自己了没有？她尽量躲着他的视线，可她觉得他还是看到了她。这五六十人散开来做操，他站在前边挨个观察，怎能漏掉了她？她的胳臂尽量往高举，举到合乎他要求的程度。这一套操，她一边看着，一边做，做得非常认真，等做完了都有些冒汗了。然后再慢步走走，周身活动活动，觉得非常舒服。经这春天的晨风一吹，整个身子骨都有说不出来的松快。

以后，她天天来这儿做操，她爱上了这套操，很快也就做熟了。她大大方方地站在人群里，不再回避他了。可他纠正别人姿势，走过她跟前时，她还有点心跳，她担心他挑她什么毛病。不过，他几次从她身边走过，都什么也没有说，仿佛根本就没有看见她似的。真奇怪，这样一来，她又有点惆怅，如同失落了点什么似的。她看着那片盛开得像彩云似的杏花，一时喜欢，一时又有点心烦了。

"老处长怎么还未来呢？""老处长"这是对"老青年"的尊称，他是从省体委一个处职工作岗位上离下来的。

"听说昨天出去买菜叫自行车给撞了一下。"

她听着，一惊。

"怎么，他家买菜还靠他呀？"

"老伴儿去世了，儿女们又都出去了。家中就剩这么一个孤老头子了……"

啊，原来是这样……到广场上来锻炼身体的，闲人多，闲话也就多，来常了互相都了解个半拉架。可她有点落落寡合，不愿加入那些说闲话人的圈子，对周围的人也就都知道得不多。

"听说他还要找个老伴儿？"

"正在物色。"

啊，他正在找老伴儿，怪不得这么欢实……她不由得又有些心跳了起来。

"是啊，也需要，年轻相爱，年老相伴，老伴老伴，终生可伴。不然，也太孤寂了。"

听听，这家伙说的……她没有凑到说话人跟前去，但离得很近，什么都听得清清楚楚的。她看看说话的人，说话的人也是个性格开朗的老头子。这家伙可能有些体验，莫非也是个鳏夫？

她自己呢？难道就没有这种感觉吗？

"他要找个什么样的人？"

"身板硬实，相貌端正，干净利索，五十多岁的女人。"

"那个卖冰棍的女人怎样？"

"你这不是寻开心吗？人家要找个有相当文化程度的，而且还要有几分人才的才行呢。"

"嗬，这老家伙条件还不低呢！"

"你就看人家那精神头吧，六十多岁了，在女人眼里还有高仓健的风度呢！"

这扯哪儿去啦！怎么这里也出来了高仓健？她们常看电影，"高仓健"这个名字并不陌生。他长得是挺雄健、粗犷，可并不是高仓健那种少言寡语的沉静性格……由一个中年人领着做操，大家都不太认真。她感到这个中年人的精神头，还不如那个"老青年"足，做完了操，她心绪不宁地回了家。

换衣服时，她在穿衣镜前站了半天，仔细看了看自己。年轻时她是漂亮的，在同学中，在教师中她都是惹人注意的漂亮人物。现在她还漂亮吗？还有当年的风韵吗？还有女人的魅力吗……眼角上的鱼尾纹一条挨一条、鬓角上的白发一根挨一根地出现了……她没有用染发剂，没有擦抗皱美容霜。自打老伴儿谢世，她就什么心思都没有了。现在还能有人看中她这半百的老太婆吗？她还能重新开始一个正常女人所向往和追求的生活吗？

这天晚上她没有睡好，她思前想后，想了许多。她想起了去世的老伴儿，想到了儿女，不知道怎的，她又很快想到了那个"老青年"，他到底叫自行车撞得怎样？伤着了筋骨没有……睡着后一做梦，又梦到了他，她不免暗自骂了个"老没有出息的"！

第二天早上，她比每天提前几分钟到了广场上。

他又来了，还是那么精神。

"碰破了点皮，没关系。"他边说边笑，"他自行车好险没叫我撞扁了。哈哈……"

这老家伙可真乐观，倒也怪结实的。

许多人上前去慰问，她也想去说几句慰问的话，可没有去。鳏夫和寡妇这个概念，使她在心深处既开了一道朦胧的沟渠，又多了一道防护的墙壁。唉，人啊！就总是习惯于在这种自我矛盾中生活。

做操时，他又走到每个人的跟前看看。她眼睛盯着他，他到了她跟前，她的手有意没有举到要求的高度。

"再往上抬抬。"他说。

她等着他再来拉着她的手往上抻一抻，可他没有来，不过，她清楚地看见他对她满含情致地颔首致意了。

是的，她一点也没有看错。她的心又有点跳了。午后，天下起雨来，淅淅沥沥，连连绵绵，这不大不小的春雨真讨厌。她从学校分回来10斤豆油,10斤花生米。没有带伞，下了摩电车，就挨着浇往回走。

走着走着，忽然头顶上出现了一把折叠伞。谁? 她猛一回头，竟是他。她心一颤，怎么这么巧，他从哪儿来的呢?

她一时有点愣了，过了半天才不安地说：“哎! 别这样，看把您淋着了。”

“没关系，我这穿着风雨衣呢。”

这时她才看见，他穿了一件很得体的草黄色风雨衣。这使他这个老家伙，更有几分潇洒了。

“来，我帮你拿一件。”他边说着边从她的手里往下拿豆油桶。

“这怎么使得? ”

她不松手，可经不住他那有力的大手一夺，豆油桶就让他拎过去了。

他的手是那样有力，那样温暖。他离她很近，她也感到了他浑身上下的热气和力量。这简直像一股强大的暖流，向她突然袭来，使她不知说什么好了。

“怎么没有人来帮你拿呢? ”

“孩子们都上班去了。”

“老头儿呢? ”

她浑身一激灵，他是真不知她没有老头儿，还是明知故问呢？过了好一阵子，她才含糊其辞地说："老头子享福去了。"

她回答得是巧妙的。他不再问了，这个问题显然已勾起来她的痛苦。

他们默默地走着，她不敢离他太远，那样他会挨更多的雨淋；她又不敢靠得太近，太近了又觉得有点那个……她心里很乱，涌起来许多不平静的思绪。只有老伴儿活着时，在雨天这样为他打过伞，现在这老家伙来给她打伞……这怎么说呢？

她感到过路的人，都拿着一种羡慕或嫉妒的眼光在看着她。

在冷雨中，她的脸色在白皙里透出来带有光泽的红润。她还能找回来过去的那种幸福吗？

她想同他说几句话，可是，一时间竟不知该说什么，甚至连对他被自行车撞伤的慰问话也忘记说了。到了家门口，儿子出来了。她有些慌乱似的，竟没有让他到屋避一避雨再走，只是说了声"谢谢"，就上楼了，这真太失礼啦！她后悔不已。她想明天早上在广场见到他，要好好向他道道歉，而且得便同他多谈一会儿……

这天晚上她没有睡好，一闭上眼睛就看见了他这个"老青年"，这个害人的"老青年"！他那柄折叠伞，那身潇洒的风雨衣，那双有力的手，就是把她胳臂抻痛了有力的手，还有那双过去看着她，今天又看着她，现在还在看着她的那双目光灼灼的眼睛……唉，这些老在她心里转，眼前晃，弄得她有点心神不宁了。

第二天早上到了广场上，做完操，她想过去同他说几句话，可许多人还围着他不散，特别是有个中年妇女，打扮得很新鲜，老盯着他，又说又笑，那贱样子真有点让人恶心。她索性一句话没说，就回家了。

以后她几次找机会想接近他，同他谈谈。说心里话，他已经搅得她有点梦魂不安了。可又有许多顾虑，怕他看不起，怕人家说什么……社会的习俗，生活的沉积，也许在她的心上压得太重了，使她这五十多岁的人，比一个刚步入社会腼腆的女孩子还要迟疑、犹豫，缺乏敞开心扉的勇气和力量。

杏花落了，紫丁香花开了，整个广场都飘溢着花香。

也许由于春的召唤和引诱，她经过了再三的踌躇，多日来的折磨，终于向前迈进了一步：她染了那开始有点花白却浓密的头发，这一下子马上像变了个人一样，女儿、儿子媳妇都说：

"妈妈年轻了，妈妈年轻了！"

这话是酸？是甜？她不该年轻吗？

她买了瓶抗皱美容霜，不知这玩意儿的效果如何，她不太相信它真能抗皱，但她想擦总比不擦好。擦上后她的脸色果然有些不同了，显得又白又嫩了。

她换上了一件肉色的衬衫，外边套上她那件两年多未穿的橘黄色红条纹的薄毛衣，这使她更加年轻漂亮了起来，站在穿衣镜前边，她都有点不敢相信自己的眼睛了。

她禁不住又偷看了看女儿和儿媳妇，她这打扮是不是引起了她们的惊疑？她们会想啥呢？

到了广场上，她感到注意她的眼光多了，她好像一下子被推到了这片特殊生活的舞台中心，手脚都有些不那么自然了。

这 20 世纪 80 年代的春天，生活正在急骤地变化着它的彩色。为什么她每迈一步都要踩着思想的羁绊前进呢？她终于鼓足勇气走到了他的跟前，她想找个借口同他谈谈。她看出来了，他对她也有几分惊喜的表示。但他刚刚开始一般的寒暄，远未进入主题时，就被人招呼走了。他临走时倒是对她深情地一瞥，似留恋，又似在致歉意。

早上，她又兴致勃勃地来到了广场上，可他没有来。

第二天他仍然没有来。

第三天他仍然没有来……

他病了？还是出什么事了？她不知道，别人也不知道。

她有点焦躁，像丢了魂似的。眼前那一片丁香花也不香了。

一周后一个早上，她到了广场，离老远就见他在广场上。她乐坏了，周身上的血液都流动得快了。

今天，他没有穿运动服，而在雪白的衬衫外边，套了件烟色的羊毛衫，衬衫领子上还扎了一条红黄条纹的领带。这打扮很引人注意，好像他不是来这里锻炼身体的，而是来这里会亲友的，只见他精神抖擞，神采飞扬。嗬，"老青年"真是名副其实的老青年了！

多日不见，许多人都趋前致意。她没有向前去，只在一边上以充满着赞赏和喜悦的眼光在看着。她禁不住又激荡起那心驰神往的思绪。这老家伙，哪儿老啊！

她忽然感到自己也是年轻的，而且比他更年轻，一种生命的活力、人性的本能正在血管里奔突。她早就应该打开心灵上那道沉重的枷锁了，它把她管得太苦了！现在她再也憋不住了，她要找回她不应该失落的，她要取得她应该得到的……春天并没有在她的身上老去！她要大胆地启开那连日来不断冲击着的、一个女人感情的闸门了。

太阳从东边一点一点升起来了，天空和大地变成了一片金红，他的脸上亮了，她的脸上也亮了，所有人的脸上都亮了，整个广场沐浴在一种明亮的、强大的光的升腾中。朝霞多么灿烂！此刻，她感到自己的胸腔里已充满了阳光，那颗被关闭着的心也亮……

高大的钻天杨的树叶渐渐肥大了起来，它身上孕育的种子沉重了，飞花播种的日子不久啦。

广场上的春天熟透了。

她迈着轻盈的脚步向他那儿走过去。她从来没有这样大方和痛快。可是，就在距离越来越近时，她忽然听到迎面过来的两个人正在讨论着他。一个说：

"你说他这几天到沈阳做什么去了？"

"做什么？"另一个不解地问。

"相对象去了。"

啊！这无异一块冰冷的石头，一下子砸在了她那颗炽热的心上。

"净胡扯。"

"你没看见他身旁那个女人，就是从沈阳跟到这儿来的。"

这时她不由得向着他那儿仔细看了看，只见他身旁确有一个年老而不老、风韵犹存、精神矍铄的秀丽女人。

她浑身像要散了架子一样，一点劲儿没有了，脚步再也往前迈不动啦！她有点头晕。她扶着一棵树慢慢转过身来，忽然觉得背后的晨风是那样凉……

她病了。

一连躺在床上几天没有起来。女儿、儿子问她有什么不舒服的，她只说累了，需要休息休息；问她要不要到医院去看看，她说不需要；问她要不要吃什么药，她也说不需要。她的心病了，这只有她自己能医治。

躺着躺着，她忽然感到自己病得有点可笑，更有点可怜……于是，第二天她就起来了。她又打扮起来，她又染了一次发，而且到理发馆去整了整发型；她擦了抗皱美容霜，还在手上、脖子上都擦了保护皮肤的香脂。她穿上了自己最漂亮、最得体的衣服，像一朵没有衰败的鲜花一样，欢快地来到了广场上。

这里的人越来越多了，除了锻炼身体的，还有清晨读书的，一早谈恋爱的……春深了的广场，更加繁忙了起来。

她有意地站在那个"老青年"对象的身旁，站在那个衣着新鲜的中年妇女身旁，站在许多漂亮的女人身旁，她要跟她们一起做操、跑步，她要在生命的活跃中竞争，她要接受新生活的挑战……她不想被旧的沉积而压倒，她不想成为一个弱者，一个落后者，她要重新认识她作为一个人、一个女人的分量和价值……她要从现在起以一个勇者的姿态来开拓、来更新她眼前的生活。

眼前白杨和杏树的叶子一片新绿，紫丁香繁花簇锦，在散发着浓郁的芳香。

春天，还没有老去。

丁　子

别弄错了，这是个人名。

"丁子！"

"哎。"一个梳女篮五号头的姑娘来了。她个头适中，身板溜直。苗条，秀丽，总是昂着头。动作麻利，说话痛快，果然像颗没有弯的钉子。

丁子，姓丁。父母都是属秫秸瓢子的，软得很！她生性乖张，不随根，上学时给自己起了这么个名字："丁子"。

"钉子？"

"丁子。"钉子，丁子，多难听，还是个女儿家。

爸爸说："改一改吧！省得人家叫了怪刺耳的。"

她说："刺耳才记得牢。"

妈妈说："人家都把你叫成'钉子'了，多烦人哪！"

她说："那怕啥！外国人叫榔头、锤子的有的是。"

老师说："你怎么起这么一个怪名字？一叫，同学们直发笑，莫如……"

她说："这有啥？笑才好，越笑越叫得响。"

她是我的一个外侄女。我觉得这孩子起个名字有点棱角，也不为过。

好多年没见着，一晃她都从学校毕业，进机关去坐椅子了。听说第一个单位没搞好，又换了一个单位。这年，我去她那地方出差，她爸爸妈妈一再嘱咐我去看看她，告诉她遇事从众，别太任性，出了尖的东西容易钝！

"你们这儿有个丁子同志吧？"

"哈哈……什么钉子？这儿哪有钉子……"传达室里的老传达笑了。

"是位年轻的女同志，也许转到你们这儿工作时间不长……"我忙着补充说。

"没有，没有。"老传达晃着脑袋。

"那么，有没有姓丁的女同志呢？"我不得不这样问了。

"啊，倒有一位，刚来不久，可她也不叫丁子呀！"

"那……"

"人家叫丁桂兰。"

我问了情况觉得像丁子，就请他用电话联系一下，出来后果然是丁子。只见她头发长了，脸上光泽少了，走路脚步稳了。她缓步到了我跟前，低着头，默默地看着我。我心中一震，这哪是当年的丁子呀？！

"你怎么叫丁桂兰了？"我忍不住劈头先问了这么一句。

她先是一惊，随后瞅着我，淡淡地苦笑了一下，便没有言语，好像说这还用问吗？！

水银灯太亮了

他胸前戴了朵大红花，千百双眼睛都盯着他，他觉得浑身直冒汗，很不自在，步都不会迈了。

他蹲了一辈子山沟，种了一辈子树。他只想这山绿起来比那光秃秃的好看；这山绿起来给国家、给老百姓出点材就没白费；这山绿起来总算给下一辈人留点啥，他这一辈子就未白活。就为这，也就为这，他大半生的汗水都洒在那片山林上了，而且差点把命都搭上……谁知老了老了还得了个"模范"，戴上了这么大一朵大红花，多扎眼，怪不舒服的。

会场很大，灯光辉煌，满满登登盛了一屋子人，主席台上也很气派地坐了一排人。因为离得远，他老眼昏花看不太清。

主持会的人招呼他的名字，要他登台领奖，他很紧张地盯着脚下的台阶往上走。

"请省林业厅胡厅长发奖。"

他一愣，一抬头，这不是当年区农林助理小胡吗？一晃三十多年他上省里当上厅长啦！尽管人都老了，可烧成灰他也认得他呀！大炼钢铁时就是他逼着他让人把满山树砍光了。为了那刚绿化起来的青山，他给他跪了下去，这片未成材的树木送到小高炉去不白瞎了吗?!他清楚地记得他狠狠踢了他一脚，那一脚使他坐下了病，直到现在还心口痛。随后他挨了批斗，又被拔了白旗……他那时心里直流血，看着把满山树砍光了，他想自己也跟着这一山树走了算啦！于是，在一棵稍大点的小树丫上上了吊，没承想小树一低头把他摔在了地上，他就又活了下来。小胡当然没有放过他，又批斗了他一顿，就罚他永远在山沟里看山。树没有了，山还有啥看头？他便种树……谁知这一罚竟把他罚成了个"模范"……唉，这想哪儿去了，都是八百年的陈芝麻烂谷子啦！可为什么阴差阳错，偏偏让他给他发奖呢?老天爷真会捉弄人!他脑子里涨乎乎的,完全乱了套……

当他从胡厅长手里接奖状时，水银灯一下子齐亮，一片强烈的光芒。他眼睛一花，手一颤，把个挺大的镶玻璃的奖状掉到了台上，"叭"的一声摔碎了，全场都跟着一惊。他慌了神，这可咋好？上级不会怪罪吧……他很是不安起来。

胡厅长当然不认识这个干瘪老头子了，更不记得他的名字了。只想这老家伙真不中用，连个奖状也拿不住了，便隔着桌子很有气度并带几分幽默地缓解说：

"不要紧……就怪这水银灯太亮了！"

灯　神

扫街的老冯头，戴一副很深的近视镜，人称"二饼"或"老二饼"。

他整天扣顶人民帽，捂个大口罩，风吹日晒，满面灰尘，谁也看不清这老家伙究竟有多大年岁。不过，都感到他来历一定不凡，哪见有普通清扫工戴这么深两块"二饼"的？

胡同里有盏路灯，安在一根不高的电线杆子上，晚上它一亮整个胡同就不黑了。可近来电灯泡脱销，便常常被人拧走。没有灯胡同里一片漆黑，摸黑走路总是跌跌撞撞，大家都叫苦。好不容易安上一个，不几天又被人拧走了。

这损贼！偷什么不好，偏偏把大家这点亮偷走了！

可任你骂翻了天，小偷才不在乎，灯泡照样丢。

这事不知牵动了老冯头哪根筋疼，失去了光亮他在路边的小屋里就睡不好觉。这天，新安上个灯泡，他夜里熄了灯，凭窗往外盯着，只见一个小青年来到灯下，见左右无人便要往上爬，他打开门一声咳嗽，那小偷就吓跑了。由此，他又给自己加了个砝码，夜里还要保护胡同里这点光亮。

不过，不久小偷知道是他便不害怕了，他干咳嗽人家也不跑。这个扫街的"老二饼"，不是"牛鬼蛇神"，也是个"反动学术权威"，怕他作甚！他上前干涉被打个鼻青脸肿，灯泡还是照样被拧走了。

老伴儿来看他，抱着他痛哭流涕，用手拍打着他说："你呀，你这脾气怎就改不了？都落到这一步了，还管那做啥？"

"我耐不得黑暗。"

"你也不看看你啥身份，你凭啥管呀？！"

"还是个中国人呐！"

老伴儿拿他也没办法。

小胡同失去了光明，人们便只得在黑暗中行路，坑坑洼洼，提心吊胆。果然在一天夜晚，一个老太太失脚踩入一个小洼坑，被摔了个半身不遂。这事传到他耳朵里，他更睡不着觉了。他不顾伤痛在小屋里折腾起来，折腾来折腾去，也不知折腾了多少个夜晚，终于把一个鹅蛋似的小东西接通了电，从房顶举到了电线杆子顶上。

说来也怪，这小东西天一黑就亮，天一亮就熄，全不见开关。在亮度上比原来那盏昏黄的路灯不知高了多少倍，人们在它下面可以看书、绣花……整个小胡同都兴奋得不得了。

神啦！这"老二饼"搞的啥名堂？几个小青年干围着电线杆子转也闹不明白。给他拆了！可一看电线杆子上还贴着个纸条："此乃神灯，不得动弹，若不听劝，必定中电！"这一下子把他们都吓住了。

　　但是，"红卫兵"这回出面啦，让这个被打倒的"反动学术权威"在此逞能这还得了？他们切断电源，摔碎了"神灯"，罚老冯头跟电线杆子一起站着，直到倒下来也不饶……

　　在被偷走光明时诞生的第一盏感应路灯，也就此夭折啦！

　　待这场史无前例的风暴过后，小胡同人们做了块上刻"灯神"两个大字的牌匾，抬到光学研究所去找老冯头时，他已过世，一切就只留在人们的思念中了。

小　草

　　他被押着随着一帮衣着凌乱不齐的人们，在条硌脚的碎石路上缓缓地走着。

　　他总是低着头不愿见人，似乎每个人都离他很近很近，又很远很远。生活把人都剥光了，生活又把人都包装了起来。不知出于什么样的心境，他见人已是一种痛苦，他更不愿见那路旁负荷着浓烈色彩和雷霆万钧的标语、口号的墙壁，现在它们比人都兴奋、都劳累！他踩着半冻半化的冰雪，移动着灌了铅的脚步。空气阴冷阴冷，阳光冰凉冰凉。

　　路边被遗弃的荒草、垃圾上面残存着覆盖了尘埃的灰色积雪。

　　他走着走着忽然眼睛一亮，在路边上竟然出现了一个小小的绿点，大概只有米粒那么大，却被他发现了。那不是别的，那是个刚刚钻出泥土的小草尖。他不由心中一震，怎么冬天还没有过去，它竟顶着冰雪报春来了？

　　这对他意味着什么呢？两年多的"牛棚"生活使他心如死灰，

他已以失眠为由偷偷攒足了足以长眠的安定……

　　第二天他又走过这里，那点新绿已不见了，原来是被人一脚踩了下去。他心中很是悲凉。

　　第三天再经过这里，他不时仔细寻找，在那个脚印下又见到一点点绿色。啊！它还没有被踩死。

　　第四天那一点点绿色又被踩进了泥土，仔细寻找也看不见了。这一脚可能太重，一连几天都未见它再钻出地面……他万分悲痛，想它也许已被踩死，再不会见得天日了！

　　这夜，他辗转反侧，不能成眠，一会儿心潮起伏，思绪万千，一会儿头脑麻木，眼前一片空白……他悄悄摸摸那包小心收藏起来的"安定"，还在褥子底下呢。难道他已面临最后的选择？宇宙间万物竞存、生死拼搏竟是这般残酷！

　　连日来他精神恍惚，饮食不振，可他每天经过这里还是不停地寻寻觅觅，如呆如痴。啊！他意外地又看见了那点新绿，那棵殊死拼搏的小草又冒出尖来。他又惊又喜，激动不已，好个倔强的小生命！他不由精神一振，在那小草尖旁摆了两块小石头，以保护这个绿色的希望。

　　冰雪终于彻底融化了，一场春雨过后，那棵刚冒尖的小草，精神抖擞地把半个身子挤出了地面。还有许许多多的新绿也都一下子冲破了囚禁它们的冰寒，它们要给人间一片青枝绿叶，一个勃勃的生机……

　　一天早晨又路过这里，一个令人震骇的景象，强烈地吸引了他。一块不小的石头被掀翻过来，它身下那密密麻麻像韭黄一样的小草迎风站立着。这也许是他人生中最富有意义的启迪和激励。

他抛弃了忧伤，抛弃了懦弱，抛弃了自我轻贱，他要像小草一样站立起来同命运抗争。

终于，他也随着春天的脚步走出了"牛棚"，不知什么时候他那包安定，早已被抛入下水道，他舒展舒展筋骨，挺一挺腰身，顿感到周身细胞的亢奋。抬眼望去，眼前的世界仿佛戏剧中的变脸术又换了一副面孔。一夜间失去了多少残暴、多少屈辱、多少叹息、多少泪水……但是，他还常常低着头走路，他想在风雨人生中，多看一眼那被践踏的小草，是怎样为头顶上一片蓝天而斗争……

再打爷爷一枪

"砰！"

小宝冲着正坐在沙发上低头看报的爷爷开了一枪。

爷爷刚听到声音，就觉得一件铁器打在了额头上。虽然孩子只两岁，手不能太重，可粗铁皮压制的小手枪，在没有防备、未及躲闪的情况下打上了也不轻。果然，用手一摸，都破了皮，出了血……他不由得生了气，吆喝着说：

"小宝，你这孩子怎么这样……"边说着边把小宝的手枪抢了下来。

小宝哪受过这?! 从生下以来，就是全家捧在手里的一个"小太阳"。儿子是独生子，生下这棵独苗苗，竟是个能接户口本的男孩子，这可把全家人都乐疯了，真是心头上的宝贝，一家人四股肠子都往这一个宝贝身上用，平时像对待眼珠子似的，连根汗毛都碰不得……现在手中枪竟被爷爷吆喝着抢了下去，这还了得! 怎能受得这个委屈? 于是，趴在地上，打着滚地哭了起来。

闻声首先跑过来的是妈妈，妈妈抱起小宝，一边哄孩子，一边满脸不悦地冲着公公说：

"您60多了，怎么跟两岁孩子一般见识呢！"

孩子一哭，爷爷就有点受不住了。他感到自己过于冲动，反应太快，有点欠考虑了。对儿媳妇的数叨，他没有还嘴，忙把小手枪递给小宝，有几分尴尬地哄着说：

"给你枪，好孩子，莫哭了，莫哭了……"

"你这老家伙，真没出息！怎么还跟孙子……"奶奶也忙跑来，没顾细看，就冲老头子风风火火地嚷起来。随后又轻声细语地，像代老头子道歉似的哄着孙子："好宝宝，别哭了。爷爷不对，爷爷不对……"

"爸爸，看您……"儿子也过来说。

小宝已多少懂得了一点事，一看这局面，觉得自己的委屈是受大了，哭得更厉害啦！

老头子一看这个场没法收，就转过头去，指着自己的额头，冲着小宝说："宝宝，莫哭了，你再狠狠打爷爷一枪吧！"

熊

女儿家对门住了一户黑人，只有一个老头子叫罗宾森。

这片一百多户人家的公寓里，除了女儿和一家日本人外，住的都是白人，可偏偏就有这么一户黑人，而且黑得吓人！脸上身上黝黑黝黑，就好像黑色"奔驰"的车皮，连胡茬子和脸皮都分不出来，通身只眼珠和牙齿有两处白的，看样子可能是非洲移民中那个最黑的人种，否则，没有黑到这个份上的。他身材不高，却粗壮得惊人，往那儿一站活像只狗熊。

不到两周岁的外孙女，见着他魂都没了，惊惧地瞅着直往女儿身上靠。"怕啥？我又不是个熊！"罗宾森蹲下来笑着对外孙女说。

女儿翻译过来，我和妻子都笑了。可外孙女还是直躲。

从他的眼睛和神态里可以看得出他很喜欢小孩，我们抱着外孙女走得老远了，他还呆呆地望着。

我们走过公寓的出口处，外孙女见标志牌上拴着几个气球非常喜欢，盯着不走。拴气球是表示公寓里有空房招租的意思，我们当然不好随便摘下来一个给她。就在这当儿，罗宾森赶过来，一伸手摘下来一个红气球。他是这公寓办公室里的工人。他举着红气球在外孙女眼前晃动着，说："来吧，让我抱一抱就把它给你。"

外孙女看着飘荡的红气球，着实喜欢得不得了，可让他这个大狗熊似的人抱一抱，确实又有点害怕。

"让抱一抱吧！"女儿动员外孙女。外孙女瞅着罗宾森直摇头。当女儿要把她递过去时，她竟"哇"一下子哭了，看来是宁可不要气球也绝不让抱。

这真让罗宾森泄气。他一看没有办法，只好把红色气球递给女儿，无可奈何地笑着对外孙女说："唉，我真是一只熊。"我们又都笑了。

他说罢好像还不太甘心，又在那儿瞅了外孙女一阵子才走。

这片公寓住宅是在一片高低不平的林地上修建的，花木环绕，草坪衔连，环境相当幽雅、宁静；住户也多属文雅之辈，很少有高声喧哗的。这天，例外地有个女人在罗宾森公寓门口大声地说着话。

我问女儿怎么回事。

她说是公寓办公室的人，斥责罗宾森把一只室内陈设的瓷瓶给摔碎了，骂他是一只不会拿东西的笨熊。

打这以后，很多天我们再也没有见到罗宾森，待对门搬来另一户黑人工人，我们才知道他已不在公寓打工，搬走了。

周六市内一家新的儿童玩具商店开张，大吹大擂地宣传开市减价三天。女儿开车拉着我们一起去给外孙女买玩具。一到门口有个一人高的大黑熊模型，立在一个木墩子上。那大黑熊两条后腿站着，两条前腿朝前伸着，做成人的形状稳稳当当立在那里，很是吸引人。许多孩子围着观看、笑闹。商店老板也真会别出心裁。

我们也走过去，仔细一看，哦，眼珠子还在动弹，原来是个活人化妆的。不过，外孙女却把他当成了真熊，又好玩，又害怕，不住用手指着嚷：

"熊！熊！"

不一会儿一阵铃声，从商店侧门走出来一个马戏小丑，替换了"黑熊"。未曾想"黑熊"下来后，竟朝我们走来。

"哈啰！"他向我们打了个手势，随即对外孙女说："这回你看我是不是只熊？"

啊！原来是罗宾森。

这回他没有笑，我们谁也没有笑。

钱　包

　　从饭店里走出来已是晚上十一点多钟，街道上人、车都稀少了，这条狭窄的小街就更显得有点幽暗和冷清。他感到很累很累，一天忙下来筋疲力尽，仿佛连骨头都有些酥软了。他不断地互相摩擦双手，那两只手整天戴着不透气的胶皮手套泡在水里，都有点红肿了。他想再干两个月，如果能攒下2000多元钱，就可维持一个学期的生活，也许还能多吃几次廉价的火鸡肉……

　　苦，他不怕，他一个三十好几的人，挣扎到这个份上就凭这个"苦"字了。

　　忽然一个从后边匆匆走过来的人撞了他一下子。见鬼，这么宽的路还往人身上撞，眼睛长哪儿去啦？

　　"Sorry。"一个小个子亚洲人忙三火四地向前走去。

　　他不由一惊，马上警觉地摸摸装在裤兜里的钱包。啊！没啦！好家伙，偷到他这穷学生身上了。

　　"站住！"他一着急竟用中国话喊了一句。

　　那个人不知听懂未听懂，却加快脚步向前走去。

他追上去连忙用英语喊："Wallet，Wallet！"（钱包）

那人一回头猛地跑开了，他连忙追过去。他的钱包里钱不多，大约只有十几元钞票和几枚硬币。可那也是钱啊！在中国店里买方便面也够吃一阵子了。多少天来在裤兜里揣着，连一罐可口可乐都未舍得买，他不能这样轻易撒手。打量前边这个家伙，也不是他的对手，就凭他这个砣儿压也把他压趴下。

"赶快站住，把钱包拿出来！"他用英语喊。

他越这样喊，那个人就越慌张，跑得也越快，像兔子一样朝贫民区跑去。他决定咬住不放，他想他这个穷鬼谅他也不会有枪。

那个人绕着树跑，企图以灵巧的身躯摆脱他，他也绕着树追。追！一定得追上他！他一身疲惫的细胞，这时已经全部被调动兴奋起来。

那个人拼命奔跑，他也就以百米冲刺的速度猛追。就在他要追上他的时候，那个人一看实在逃不过去，便扔了钱包就跑。

"真是鼠辈！就这么点本事也当小偷？"

在昏暗的路边上，他捡起钱包，装进衣兜。为了防止意外，他不能再追了，得赶紧离开这是非之地。于是，他一路小跑，回到了住处。由于惊慌和猛烈的奔跑，一直到进了屋子，他的心还怦怦直跳。

坐下来后，他猛然想到他得看看钱包，别把钱让人拿出去，自己捞了个空的回来。他后悔当时有点粗心大意，未能就地打开看看。

"咦！这哪里是我的钱包，这家伙到底调包了……"可他翻开那被汗水浸得湿乎乎的钱包，一下愣住了：那里有 800 多元美钞，几枚不同面值的硬币和一张工资结算单。原来他也是个在饭店里打工的人，刚刚拿到这份最低的工资。这时他看看裤子，一下子想到早起后换了裤子，自己的钱包还在原来裤子的兜里呢！

卤水豆腐

小桃在胡同口卖豆腐，一天三板，风雨不误。

赵奶奶爱吃豆腐，每天买一块，也风雨不误。为啥只买一块？一个孤老婆子，就一块豆腐的命，再多就得装到肚子外边了。为啥天天买？只为图个鲜，每次买豆腐赵奶奶都先用鼻子闻闻，酸不酸，馊不馊。

这老太太真买个精细。小桃瞪她一眼说："你可别把鼻子碰到豆腐上。"

赵奶奶买了一块豆腐，用个塑料袋拎着回来。碰到了街坊李奶奶，这老太太见赵奶奶手中的豆腐，就走近跟前神秘兮兮地说："你怎还买那豆腐？"

"咋？"

"人家都说那豆腐是用病房里扔出来的石膏夹板点的，哎呀呀！那怎么能吃？过去也不知道吃进去多少病毒、病菌……真是坑人！"

赵奶奶一听，头发都竖了起来，差点把早上吃进的豆腐吐出来。她忙问："这可真呀？"

"人家医院人说的还有错？"

赵奶奶赶紧拿着豆腐去找小桃："闺女，我说你这豆腐是用啥点的？"

"卤水呗。"

"当真？"

"那还有假？"

"可人说你是用石膏点的。"她没说是用病房里扔出来的石膏夹板。

"赵奶奶，不信，你拿到中国科学院去化验化验。"

"扯蛋，中国科学院是给你化验豆腐的？你这闺女人不大，说话可怪噎人的！"

"那怎么办？"小桃说，"我看你这一天一块豆腐就省了吧，别买啦！"小桃一天三板豆腐卖个精光，哪在乎赵奶奶这一块豆腐！

"你这豆腐卖快了，狂起来啦！"赵奶奶耳根子软，一时又没了主意，就又拎着豆腐回来。不过还不托底，一边走一边把豆腐掰下一小块在嘴里尝尝，尝尝也辨别不出是卤水点的，还是石膏点的……正好李奶奶还在路边站着呢，她过去说："人家说这豆腐是卤水点的。"

"哪个卖瓜的会说瓜苦？"李奶奶说着也过去掰一小块豆腐放在嘴里，尝了半天之后神色庄重地说："我敢肯定，这是石膏点的，还带着石膏味呢！"

赵奶奶便又转回去，对小桃说："人家说你这豆腐还带石膏味呢！"

小桃接过豆腐，脸色铁青，一言未发，随手把豆腐扔进了
路旁的垃圾箱，紧接着把 1 角 5 分的豆腐钱甩给了赵奶奶。

赵奶奶很是尴尬，一时戳在了那里，她说："这闺女脾气怎
么这么急呀！"

"以后你别买我的豆腐啦！"小桃头也未抬地说。

果然第二天胡同口又出来个卖豆腐的女子，她的豆腐摊上
悬着一条横幅，上写"卤水豆腐"四个大字。

赵奶奶愣住了，怎么一夜间冒出来这么个对手？她两边看
看，左右为难，新来的女子不熟，小桃那里又丢了面子。这天，
她头一回未吃豆腐。

第二天，她听人说新来卖豆腐的是李奶奶的一个亲戚，脑
子立刻忽悠一下子，心里像吃了只苍蝇一样恶心。这回她小心
翼翼走到小桃跟前，向小桃悄悄道个过，求人家再卖给她一块
豆腐。对那个卖豆腐的连看也未看，再见到李奶奶离老远就躲
开啦！

她照常一天一块豆腐，都是买小桃的。

母　亲

　　饿。断断续续，天天挨饿。谁也说不清饿得多久了，最近彻底断了炊。

　　母亲领着大小挨户的五个孩子，守着一口空锅，饿得眼睛发蓝。

　　实在熬不过了，母亲出去围守城部队的营房转，终于碰到了一个拿着窝窝头的国民党大头兵。她上去磕了个头，凄惨地呼唤救命。那个大头兵心一软，把自己刚领到手的两个窝窝头，扔给了她一个。她连忙又磕了三个响头，真是遇到了救命的菩萨。

　　母亲拿着窝窝头直咽唾沫，可她一口未动，连掉下来的窝窝头渣儿，也未往嘴填。回家把窝窝头小心翼翼，像分金劈银一般，掰成五瓣，五个孩子一人一份。

　　"妈妈，你不吃吗？"

　　"妈妈吃过了。"母亲说罢忙把手里的窝窝头渣儿扔进了嘴里，她吃个又香又甜，肠子、肚子都调到了喉咙眼。

　　不久，母亲饿昏过去了。她喝了口凉水，挣扎着起来把藏在箱子底下一个金镏子翻出来。这原是她母亲给她陪嫁的，目前是她家最值钱的一份家当了。她让孩子们拿它去换点吃的。

可能怕受骗、遭抢，也可能孩子都饿急了，也可能还有别的什么原因，总之五个孩子，一起拿着这个救命的金镏子去了。人家只给了一个大窝窝头，说是最大的窝窝头，可里边是空的。这真成了名副其实的"黄金塔"啦！不过去时，还是遇到了善人，不然，在这每天都饿死几十口人的死城里，你到哪儿换去呀?!

五个孩子都说这个窝窝头得回去给妈妈吃，妈妈已饿得不行了，要赶紧救妈妈一命……可五个孩子又都瞅着窝窝头直流哈喇子，他们也早都饿得要命啦！

老大拿着窝窝头手直颤，窝头总在往下掉渣儿，掉下渣儿他控制不住就悄悄填进嘴里，他想还有个窝窝头呢。老二拿着窝窝头，手也发颤，窝窝头也往下掉渣儿，掉下渣儿来他也控制不住填到了嘴里，他想左右也只是点渣儿。老三拿着……等到了家，这个窝窝头就剩一捧渣儿了。

孩子们把窝窝头渣儿倒在奄奄一息的母亲手里，母亲看看一切都明白了，这五个成长中的孩子，饿得多么痛苦、多么难熬啊！她不由得流下了一个母亲的眼泪……这捧窝窝头渣儿她可怎么吃呢？她把它推给了孩子们，以极其微弱的声音说：

"孩子，你们吃吧！妈不吃了……等城开后，你们做一个大个的窝窝头送到妈妈的坟上去就行啦！"

"哇"的一声，五个孩子全哭了，老大领头跪了下来。"妈妈，你不能走啊！"

母亲马上惊悟过来，眼前还有五个待她养育的孩子呢！她不能进入感情的误区，她必须活下来……"是啊，妈妈不能走，妈还得给你们打食吃呢！"

于是，她把手中的窝窝头渣儿，一点一点像品尝珍馐一般吃了下去。吃进了最后一口时，她看着仰望着她的老五，又一阵心酸，忙把尚未咽下去的窝窝头渣儿，搂着脖子喂给了他……

老人与小雀

　　她天天撒一把小米在草坪的石桌上。那张石桌已成了院庭的点缀，很久没有人坐那儿喝咖啡了。

　　小雀三三两两、叽叽喳喳飞到石桌上来啄食，她便感到又有家人、朋友在那儿喝咖啡一样，很是欣慰。

　　小雀很小，一身灰白的羽毛上长满褐色的斑点，圆圆的眼睛，长长的尾巴，半圆形的小黄嘴不停地啄着。个个都很秀气、美丽，像从一个模子里出来的。她也许太老了，分不清这一只同那一只的区别。

　　她扶着拐杖，坐在藤椅上看小雀啄食。小雀瞅着她边吃边叫，似唱歌，似吟鸣。她想那是同她说话呢，她就很快乐。她多么需要这种温馨的交流啊。

　　天一亮她就醒了。人老了觉少。

　　天一亮小雀就来了，她得给它们一把小米和一碗清水。

　　这天，一只小雀只扇动一只翅膀，另一只翅膀则被两只小雀叼着，它们时沉时浮地奋力向石桌飞来。当它落到石桌上后，众雀则紧围着它啾鸣不已，无一啄食。

她被这一情景震骇住了半晌，她拄着拐杖近前一看，原来被围着的小雀一只翅膀受伤了，不知是被猛禽啄的，还是被树枝刮的，羽毛上血迹斑斑，它已失去了独立飞行的能力。

她看不出伤雀的年龄，她弄不清围着它的，是它的子女，还是它的亲友或一般的同类，这使她不由想起自己摔断腿时的情景。那时子女不在身旁，就剩她和这座"空巢"了，待子女赶到身边时，医护人员早给她处置好了……

她忙回屋里找来消炎治伤的药物，给伤雀的翅膀敷上，并用一条细带缠好。然后把它放在一只木箱里，给它放了小米、菜叶、清水等。

小雀们也三五成群不断地来看它，有的带来小虫喂它……

她看了颇为动情。几分喜悦，几分伤感。

她也有儿女和亲友，可有谁还常到她这里来呢？一个孤零零的老婆子，形影相吊，甚为孤寂。

小雀的翅膀一天一天好起来，慢慢地又能扇动了。小雀很欢跃，已摆脱伤痛的忧郁。

她看了也很快活。

小雀从箱里扇动翅膀飞了出来，开始从石桌子上飞下又飞上了。她抚摸着小雀，把它翅膀上的绷带解下，它飞得更舒展了。小雀一下子飞到她的肩上，用头蹭着她的脖子，用嘴啄着她灰白的头发，那显然是对她亲昵的表示。她的心弦震颤了，多么通灵性的小东西！

她快乐极啦！多少年没有人对她这样了。她的眼泪止不住从眼角里流下来。

　　晚上她打电话把小雀的故事告诉她的儿子，她说她又感受到爱的温馨了。儿子迟疑了一下，不知在想什么，随后说他去开订货会，路过她那儿一定去看她，看她的小雀。

　　她打电话给孙子，孙子开始也是一愣，然后告诉她，他的期考完了，会偕女友到她身边去。他的女友就像一只依人的小雀，会让她喜欢，会给他欢乐。

　　他打电话给她的老友，老友跟她一样苍老了，只能在电话里给她祝福，与她分享她的欢乐。

　　一只康复小雀钟情的回报，给她带来多少年来未有过的兴奋。

　　也许她太老了，太累了，过度的兴奋超过了她心脏的负荷……第二天早上太阳老高了，小雀早就在叽叽喳喳地等着她了，她还一直躺在那张古老、宽大的双人床上没有起来，脸上还带着昨日的欢乐，安详地睡在那里。

　　小雀们在窗外提高嗓门，以它们那尖锐、细碎的声言，不停地呼唤着她，尤其那只伤雀，一直用嘴在啄她的门窗。

　　直到第三天她的儿子来了，这群小雀才知道她已走了，带着它们的温馨走了。从此再没有人为它们撒一把米啦！但小雀们还是天天来到石桌上，来到她坐过的藤椅前吟鸣不已……

五棵野山参

"请你们全家过来，咱们吃个喜……"老婆未请动，韩老蔫又亲自过来请。

"谢谢，我们都感冒了，别传染给你们。喜，你们就自己吃吧！"边大楞子说话硬邦邦的，躺在炕上连动也未动。

"表弟，你这是咋啦？"

"不咋，我们人穷，命不济，别给你们带去了霉气……"

韩老蔫和边大楞子是亲表兄弟，祖宗三代住在一个屯。现在两家是地挨垄，房连檐，一口井喝水，一个大门走人，就差一张桌吃饭，一铺炕睡觉了。

每年放山，这对表兄弟总是分不开的伙伴。有道是"打虎亲兄弟，上阵父子兵"。这放山，钻大林子挖人参，虽比不得"打虎""上阵"，也艰险万分。韩老蔫和边大楞子，背了干粮、水壶，带了猎枪、手电，顶了太阳，抗着风雨，连续两年秋天在熊瞎子沟转悠，都未找到一棵参。这野山参不怪金贵，也真难采。

这年，边大楞子又要进熊瞎子沟，韩老蔫却患了感冒，连日不好，放山也就作罢了。可韩老蔫感冒好之后，秋天带着老婆和儿子去打松子，却意外地一下子碰到了五棵六品叶的野山参，竟卖了 3 万多元，顿时发了起来。

"表哥，你真走运，这参在哪儿挖的？"边大楞子不免有点眼红了。

"这可巧了，路过熊瞎子沟边上，叫参秧子绊个跟头。低头一看，是一片五颗落了一地红参籽的老山参！这是瞎猫碰上了死耗子，碰巧啦！"

"啊……"边大楞子心里咯噔一下子，不由犯了合计：哪有这么巧的事呀？过去两年进熊瞎子沟，像过梳子似的都未碰到……是不是过去一起进熊瞎子沟时，他看见了未吱声，留心做了个记号，今年特等落籽后才去挖回来的？怪不得，不肯一同去了……真是人心隔肚皮，没处看去呀！

老婆也添油加醋："你这大楞子，怎么就长一个心眼？……"

边大楞子越想越是这样，越想越感到是被表哥耍了。可这事无把无柄，上哪儿说去呀？他边大楞子也只好自认哑巴吃黄连了。

现在表哥来请吃喜酒，这不是拿他个"二虎"逗着玩吗？那酒可咋住下咽呀！

从此，两家往来少了，姑表亲那个近乎劲也没啦！

从此，两家吃饭、穿衣也渐渐都不一样了，生活的差距拉大，感情的隔阂就更深啦！

不到半年时间，边大楞子挑了房子，全家一辆花轱辘牛车搬走了。

　　韩老蔫心里很不是滋味。唉，这五棵山参真作孽，好端端一门子亲，掰啦！这可是咋说的呀！

瓢

老太太背着沉甸甸鼓溜溜的一个大包袱进了女儿家，女儿一下子惊呆了。"妈，你怎么不打个电报来？也好去接接你呀！"

"唉，大山沟里哪儿去打电报？"

"怎么带这么多东西来，看把你累的……"

"乡下人拿点东西累不着，就是没啥好的……"说着老太太打开包袱，不无几分得意地一件一件往外拿。"这是大黄米，比糯米还黏，吃它不小心都能粘下牙来！"老太太高兴，说话也来了风趣。她说："这是白芝麻，比黑芝麻香得多，一滴小磨香油，也够全家人香一天的；这是红小豆，山里土肥颗粒大，小时你最爱吃红小豆的黏豆包，这回妈可是一粒一粒给你挑选来的……"

"妈，你看你带这些干啥，城里市场上啥都有。"

"不过，这是咱家乡山沟里出的，你吃上不一样……妈不知道城里情况，是怕你吃不着啊！"

女儿心里一热搂着妈说："你老是牵肠挂肚想着这想着那

的。"老太太随手又拿出一个白布包，左一层右一层包了好几层，最后像宝贝似的拿出来大小一套三只匏瓜瓢。为了防止压破，中间都用布垫着。这老太太可仔细个透！

女儿一惊："妈，你拿它来干啥？"

她告诉女儿说："今年咱家种了几棵匏瓜，都很成，秋天你爹开了一些瓢，妈想到了你，拣最好的给你带来三个，你用它舀水、淘米多方便。若用它淘米沙子就都留在瓢里了。"

女儿有点不自然，说："妈，现在这城里哪里还用瓢呀？你可倒好，什么都往这儿拿。"

老太太正在热头上，一下子哑了，她看着女儿的脸色有些茫然。

"妈，你老真是一股肠子，在城里谁用这，得让人笑掉大牙呀！"

老太太傻了，这时她知道她对城里人怎样过日子一片漆黑。

住下后，老太太看着女儿家铝制水舀子确是又轻又结实，心里就更感几分尴尬。

姑爷在一家科研单位工作，据说文化很高，回来除寒暄几句外，对她这些精心带来的东西连看也未看一眼，这又使她想讨个喜欢的心凉了不少。不过，她并未完全灰心。这天姑爷、女儿上班去了后，她决定用她带来的大黄米加红小豆、枣子给焖一顿黄米饭，再加上白糖、猪油，让他们也像乡下人过年似的吃上一顿。淘米时她想到带来的瓢，她一辈子用它用惯了。可左找右找没找到，后来出去倒垃圾，啊！竟都被扔到垃圾箱里了。她心里咯噔一下，很不是滋味。她悄悄地捡回来擦了擦又左一层右一层把它包起来，偷偷放进自己的包袱里。

这顿饭她没有做下去，电饭锅那玩意儿她也使不好。

晚上姑爷、女儿都回来后，她说她明天要回去了。姑爷、女儿都留她多住几天。她说："不啦，乡下人劳累命，家里还有些活等着呢。"这天夜里她不知为什么，脑子里老打仗，翻来覆去未睡好。第二天背起她的包袱，带着那大小一套三只瓢就回去了。

一 步 棋

绿冠擎天，清风徐来。树下豪与一老者对弈，观者如堵，但鸦雀无声，无敢妄议者。忽一少年过此，无意间一搭眼便断言："再一步便定局矣！"

众皆一惊，豪与老者亦愕然，抬头见少年面若敷粉，唇如涂朱，潇洒倜傥，甚是不俗。豪不为怪且甚喜，遂与搭言："敢问公子亦嗜此道？"

"偶尔消遣。"

"请问何谈一步定局？"

"老翁已走华容，是擒是纵，全凭先生之一步棋矣。"

豪是当地棋坛高手，艺高胆大，善走险着，每每出其不意，以一步棋而赢全局，人称"一步棋"。对少年之言甚中下怀，拱手揖坐，邀与对弈。

少年名杰，幼受祖传，棋多诡谲，擅破旧出新，以奇制胜，也有"一步棋"之称。

今日两强相遇，异着迭出，精彩纷呈，令围观者耳目一新，不断暗中叫好。杰看来已使尽全身招数，但最终不敌豪，为其一步绝棋所败。豪哈哈大笑甚为得意，对杰连称："高手，高手！"此时此刻，这与其说是称赞他人，不如说是炫耀自己。

杰少年老成，声色不动，连说："惭愧，惭愧！"并问："还能令小子再学一局乎？"

豪忙说："当然奉陪。"

开局前杰有意无意中忽然提出："能否下一赌注，以助棋兴？"说时颇有几分羞涩。

豪冷笑说："君一过路之人，可身带重金？"

杰似被激怒，稍一沉吟，愤然从臂上脱下一镶金之玉镯，乃极难得之祖母绿，而以黄金衬里贴边。往棋盘上一放，金玉生辉，熠熠夺目。豪大吃一惊，观者也都眼前一亮，这是多难得的宝物呀！

杰说："重金虽无，但愿以此为注。"

豪对此玉镯万分喜欢，心想这真是天赐，遂指身后之豪华宅院，大言道："愿以此宅院连同其中财产和妻妾为注。"这话说得也太大、太绝啦！盖豪心怀必胜，实以此为幌子，得其玉镯而已。

杰见此似有几分惊讶之色，但略一踌躇，便说："既然先生如此，小子再添一赌注。"

豪问："何物？"

杰说："现已无身外之物，唯以身为注。倘若败北，愿与君家终身为奴。"至此两人之赌注也算旗鼓相当，无可反悔也。

豪一惊一喜，不免对杰又多看几眼。他对杰这一美少年，早已满心喜欢，若得其为奴则给个神仙也不换了！

观众一时都吓傻了：这盘棋赌得太凶啦！

开局后豪借上局之余威，求胜心切，运子不久，便思用其绝步再度置杰于死地。怎奈此局已非上局，杰对豪逼人之凶棋，虽神色紧张，却能在侥幸中——化解。其运子则以守为攻，以缓待急。有时竟似无心而走些漏步，先是舍弃一炮，豪未敢轻取；后又放一马，豪仍未敢动。观众未明理路，都替豪惋惜，而为杰捏一把汗。最后杰车入虎口，亦有悔色，但已落子，只好认了。至此豪已有轻蔑之意，前后左右精察细算一番，觉此车不能放过，吃它之后便有一步制胜之棋。孰料车甫入口，忽生巨变，仅只一步便被杰双马逼宫，踹老帅于蹄下，他的胜算恰恰晚了一步。豪顿时面若死灰，汗如雨下，仰天长啸："我，'一步棋'栽了！"声入云空，悲惨动人。

豪的宅院和财产杰均收了，唯妻妾作为奉送，请其带走。

豪走时杰掏出玉镯双手相赠："棋上为敌，棋下为友，既然君家喜欢，权以此留念吧！"

观者都一惊愕，甚感杰少年豪爽，赢个精湛，赠个义气。

豪稍一迟疑，接过玉镯熟视良久，猛然把它摔碎在对弈的石桌之上，大呼："这劳什子害我苦矣！还欲令我以此相欺他人乎？"

盖玉镯乃一赝品也。

小 白 鞋

　　想来想去，还有个在记忆里没有磨掉的熟人。

　　"白翠兰还在吧？"我问关长贵。

　　"在。不过听说这几天正在乡卫生院里抢救呢！"

　　"啊！你领我去看看她。"说着我们拔腿就走。

　　"她刚离开工作队那会儿有些困难……这几年和儿子开了个小饭馆，才好了起来。可身体不行了……"一边走，关长贵一边向我介绍。

　　白翠兰也是当年我们土改工作队的一个队员。她十八九岁，长得挺白净，还有个怪脾气，喜欢穿白鞋。有人说："白"字在她身上凑一块堆儿了。不过，前一个"白"没说道，后一个"白"可就有点惹人注意了。白布面，白布底，走起路来老远就让人家看见了，怪扎眼的。初见者还以为她这是给长辈中死人戴孝，后来才知道这是她的爱好。

　　有人说这姑娘太特；有人说她是故意卖俏，不然哪有总穿白鞋的。因此，她得了个外号"小白鞋"。

　　她原有小学文化程度，在我们工作队员中不算太低的。工作上也很积极能干，发动妇女斗地主，上夜校，参加民兵，扭秧歌……她都比别人成绩大。别看年纪小，却是我们工作队里很得力的一员女将。就因为穿白鞋，引来不少闲言碎语，这事使我也很为难。一天，我拐弯抹角地说：

　　"白翠兰，你穿这白鞋跑路不容易脏吗？"

　　"我穿白鞋就图个干净，不然穿臭了也看不出个脏来。"

　　嗬！一下子就撞了回来。是的，她有好几双白鞋，经常洗刷了换着穿，确实显得非常干净利索。这也给人一种快感。我想既然这样就由她穿吧！年轻人谁还没有个爱好呢？

　　听说她家的村里分斗争果实，按贫雇农的穷困程度排队，轮到她家时，还剩一只大板柜和一双绣花的白缎子鞋，这两者的价值差别太大了，连三岁孩子也清楚。谁也想不到她竟要了那双白缎子鞋。这差点把她妈气晕过去，一传开都当为笑话。但这双鞋成了她的宝贝，参加工作队也带了来。一天，她一个人穿上鞋在炕上来回走，那个美劲就不用提了。我走进去，她有点不自然。不过，这个姑娘脸大，她笑着问我：

　　"于队长，你看咋样？"

　　"真漂亮，我一进来直晃眼。"我只好半开玩笑地说。其实也真漂亮，那是一双缎子绣花的皮底圆口鞋，这在鞋中也是不多见的特殊制品了。

　　"地主家太太小姐穿得，咱们穷人翻了身咋穿不得？！"

　　"小白，话不能这样说。别看地主家太太小姐过去穿，现在咱们穿就早了点，这就因为咱们不是地主。"我怕她穿了跑出去出洋相，就给她讲了一番风马牛不相及的大道理，把她唬住了。

从此，她就只偶尔拿出来玩赏玩赏，始终没再敢上脚。不过，她还照常穿她的白布鞋，这倒没有变。

那时实行供给制，给男队员都发了当兵穿的带脸的黑布傻鞋，给女队员发了点钱让自己买。我特意把钱控制起来，让人给女队员都买了带梁的黑布鞋发给她们。白翠兰穿了两天，就说挤脚，照旧穿她自己做的白布鞋。唉，拿她真没辙！

秋天，整顿土改工作队，县委组织部张部长来了。他是位老红军，资格老，原则性强，一看白翠兰穿双白鞋就感到有点不顺眼。他问：

"这姑娘叫什么名字？"

"白翠兰。"我说。

"怎么穿双白鞋？"

"她喜欢穿白鞋。"

张部长皱皱眉头未吱声。他后来又听到群众反映，说她有个外号叫"小白鞋"，这使他很不满。

他说："土改这可是一场严肃的阶级斗争，怎能用这号人当队员？赶紧打发她回去。"

那时的土改工作队员，都是在运动中吸收的，倒是来也容易，去也简单。我见张部长态度坚决，没有回旋余地，就只好挽着半拉舌头同白翠兰谈，让她回家去就地干革命。

"什么？就地干革命？你念书人可会说话。不就因为我穿了双白鞋，张部长看着不顺眼……你们干部挺大，心眼可怪小的！"

她这话说得我一愣，她把"心眼小"用到这儿了。听起来不太顺溜，细一琢磨也还合牙。

临走时她着实哭了一鼻子，她是抱着一团火来的，现在要捧着一块冰回去了。她哭得我心里很不是滋味，但也没有什么办法。送她时我看她穿上了一双新白鞋……

我带着不安的心情去看她，我不知当年清退的那个疙瘩，在她心中化了没有？不过，我想人已病危，"心眼"不至于像我们当年那么"小"了。

我们到了病房，她已咽气，装殓的衣裳都给穿好了。唉！晚来了一步，怎未早想起她来呢？我向她深深地行了三个鞠躬礼，然后近前仔细看看她。她白皙的面孔，已布满皱纹。脸盘未变，模样已走。面色平淡，双眼紧闭，不知她是否还留有什么遗憾没有。只见她身上穿着蓝裤子白衬衫，脚上却蹬着当年未穿的那双绣花白缎子鞋。这打扮有点不伦不类，可一见那双鞋，我心里不由咯噔一下子。

她女儿见我看得仔细，就过来说："这双鞋她藏了多少年未穿，说是还不到时候……现在她死了，就不管到未到时候，让她穿着走吧！"

天　职

　　海尔曼博士是位医术高超、医德高尚的大夫。他开的诊所远近闻名，在布拉沙市里没有人不知道海尔曼和他的诊所的。

　　海尔曼这个倔老头子，像他那把最好钢材做成的手术刀一样坚硬、锋利。

　　有这样两件事，一下子就把海尔曼给抬了起来——

　　一天夜里他的诊所被一个小偷给撬开，一点现金和几样珍贵的药物，被小偷放在提兜里准备带走，不巧，慌忙中撞倒吊瓶支架，小偷又被氧气罐绊倒，摔折了大腿，要跑也爬不起来了。这时，海尔曼和助手从楼上下来。助手说：

　　"打电话让警察把他带走吧！"

　　"不，在我诊所的病人不能这样出去。"

　　把小偷抬上手术台，海尔曼连夜给他做了接肢的手术，并给打上了石膏绷带。一直在诊所里把他彻底治好才交给了警察。

　　助手说："他偷了您的财物，您怎么还如此给他治疗呢？"

　　"救死扶伤是医生的天职。"

小偷自然感激得五体投地,唯在交警察前,他恳求把他放了。他说:"海尔曼博士,您不愧是上帝的儿子。我愿再次得到您的拯救,不到那阴森的牢房里去领面包……"

海尔曼博士两手一摊说:"先生,对您这个要求,我这把手术刀就无能为力了。"

一时传为佳话。

又一天,一个女人护送位车祸中受重伤的人来诊所。

海尔曼一愣:啊,是她?她早已徐娘半老,怎么还这般漂亮?这是他被人夺去的爱妻。直至今天她在他的眼里,仍然具有不可代替的魅力。女人泪流满面地说:"海尔曼,亲爱的海尔曼,你还恨我吗?为了救他的生命,我不得不来求你,你是全市唯一能给他做手术的人。"

重伤的人是他原来爱妻的后夫,就是这个人把她夺去了,当时就差未他进行古老的决斗。

"亲爱的海尔曼,我和他都对不起你,可是我们遇了难……但愿你的手术刀不带着往日的仇恨。"海尔曼曾经受过他们的侮辱,现在这种场合重逢,使他不由得心潮起伏,思绪万千。他始终一言未发,只冷冷地反问一句:"列夫斯基夫人,你忘记我教导过你的话了吗?"

"救死扶伤是医生的天职。"

手术前列夫斯基一直处于昏迷的状态。待手术中清醒过来,见拿着手术刀的是海尔曼,不由得大吃一惊,连忙要挣扎着坐起来。

"老实躺好,这是上帝的安排。你是我永难宽恕的情敌,你又是我必须抢救的患者。"

一个修补头颅骨的手术，让海尔曼站了十多个小时，最后晕倒在手术台旁。

列夫斯基伤愈后夫妻俩在海尔曼面前忏悔地说："如您不嫌弃，我们愿意为服侍您而献出余生。"

"医生在手术室里记住的只是他的天职，忘记的是个人的恩怨。"

这事更引起了人们的敬重。

这年，德国发动第二次世界大战，占领了布拉沙，一个盖世太保头目，被波兰地下战士一枪打中了胸部。随军医生没人能给他做这样的开胸大手术，便把他化了装送到海尔曼的诊所。海尔曼一搭眼就认出这是个最凶残的德国刑警队警官，在这个城市里不知有多少波兰人丧生在他的枪口下。他心中猛然一震，暗自喟叹：这也是上帝的旨意啊！

海尔曼支走了所有助手和医护人员，他洗手、刮脸，重新穿好上教堂才穿的那套西服，罩上一件最新的白外套。然后拿起他最大的那把手术刀，一下子剖开他的胸腔。他没有去找子弹，而是把手术刀插在他的心上……

在受审时，德国人说："你玷污了你的手术刀。"

"没有，它用得其所。"

"你忘记了医生的天职。"

"没有，此时此刻反法西斯就是最高的天职！"他一字一顿，字字千钧，全市人都听到了。

海尔曼牺牲了，可城市到处都张贴着"天职"两个大字，不用再加其他文字，它就成了一条具有巨大号召力量的反法西斯标语。时至今日布拉沙还在最高的楼宇上，挺举着"天职"两个大字，谁都明白人们赋予了它更深远的含义。

白雪塑像

夏夜，路灯洒下一片银光，人们在灯下下棋、聊天、打扑克……

一个女人夹着一件上衣，寻寻觅觅走来，对一个观棋的中年男子说："走吧！元元的作业写完了。"说着把上衣给他披在身上。

于是，男人跟着女人回家。

大约十五六平方米的屋子里，摆一张双人床，一张单人床，两只木箱子，一张占地不大的学生桌，桌上放着元元的课本和作业。这是父母、儿子三口人的一个小家。

家很挤巴，也很温馨，它是中国许多人家的一个缩影。

父母都是工人，这个家也来之不易。他们在此一住十几年，儿子元元已上初中三年级了。儿子越大他们就越觉得这个小屋负荷太重，有点盛不下啦！

一张学生桌只儿子专用，幸亏他们都不是知识分子，没有伏案书写的需要。但爸爸不争气，患有北方的常见病——气管炎，一天到晚总咳嗽，他一咳嗽小屋都跟着震动，元元写作业聚精会神的思考就会被打乱了，一道演算题常常要多算几遍。儿子苦恼，他也苦恼，可有啥办法呢？房子解决不了，气管炎这个顽症也治不好。生活就是这么万般无奈。

爸爸嗓子一痒就赶紧躲到厨房里去，怎奈厨房连个门也没有，怎么隔音？有时他躺在那儿用被蒙住了头，一咳嗽照样满屋都响……为啥落下这么个毛病呢？止咳药、消炎药一包又一包，一瓶又一瓶，就是降不住它！儿子很体谅爸爸："爸爸，你咳嗽吧，不要紧，我一样写作业。"

"唉，儿啊，爸爸这病影响了你……"他没有读过书，当了一辈子睁眼瞎，就分外觉得读书重要，他很怕耽误了儿子的前程。

晚饭后儿子要写作业了，爸爸就该躲出去啦。这几乎成了一种规律，一种习惯。

可爸爸是个有气管炎的人呐！天气一冷，爸爸就得戴个大口罩。

"爸爸，你别出去了。"元元拦阻爸爸。

"不，爸爸有点事。"

啥事总在这时候有？元元心里明镜似的。元元心疼爸爸，可又拗不过爸爸。元元知道为了自己的学习，爸爸什么都豁得出去。元元是个懂事的孩子，一想到这儿就心酸，眼泪直往心里流。

北方的冬天来得早。这天，晚饭后爸爸说到对面楼里去会棋友杀两盘。元元临近期末，功课紧，作业多，他在这个温暖、宁静的小屋里，埋在作业堆中。不知不觉夜渐深了，他的作业也才做完。这时他精神松弛下来，忽然隐约听到窗外的咳嗽声，他凭窗望去，外边早已纷纷扬扬下起鹅毛大雪，雪中一个穿着棉大衣、戴着大口罩的人，周身皆白，成了个雪人啦！他一下子像被电着了似的，受到极大的震撼，立刻泪流满面地跑了出去，大声呼唤："爸爸呀，爸爸……"话未出口竟止不住呜咽起来。

"儿啊，你的作业写完了吗？"爸爸关切地问。他从窗外见屋内学生桌上那盏台灯还未灭呢。

"唉，爸爸呀，爸爸……"元元抱住了爸爸。

无声的雪花，如银如絮，立刻盖住了这对拥抱着的父子。安谧的街心便又多了一座洁白的塑像……